文通天下

突 破 认 知 的 边 界

# 异秉

汪曾祺 — 著

读者出版社

# 目 录

鸡鸭名家 ＼ 001

异 秉 ＼ 034

故里三陈 ＼ 048

戴车匠 ＼ 066

故里杂记 ＼ 081

故乡人 ＼ 105

卖眼镜的宝应人 ＼ 123

猎猎
——寄珠湖 ＼ 130

丑 脸 ＼ 137

露 水 ＼ 139

邂 逅 ＼ 153

熟 藕 ＼ 169

故人往事 ＼ 175

小学同学 ＼ 190

姜蒿薹子 ＼ 198

昙花、鹤和鬼火 ＼ 202

鲍团长 ＼ 215

塞下人物记 ＼ 225

笔记小说两篇 ＼ 243

卖蚯蚓的人 ＼ 251

狗八蛋 ＼ 260

"一个人多少有点异像，

才能发。"

# 鸡鸭名家

刚才那两个老人是谁?

父亲在洗刮鸭掌,每个跖蹼都撑开细细看过,是不是还有一丝泥垢,一片没有刮尽的皮,样子就像是作着一件精巧的手工似的。两副鸭掌,白白净净,一只一只,妥妥停停的一排。四个鸭翅,也白白净净,一只一只,妥妥停停一排。看起来简直绝对想不到那是从一只鸭子身上取下来的,仿佛天生成这么一种好吃东西,就这样生的就可以吃了,入口且一定爽糯鲜甜无比,漂亮极了,可爱极了。我忍不住伸手用指头去捏捏弄弄,觉得非常舒服。鸭翅尤其是血色和匀丰满而肉感。就是那个教我拿着简直无法下手的鸭肫,父亲也把它处理得极美，他握在手里，掂了一掂，"真不小，足有六两重！"用他那把角柄小刀从栗紫色当中闪着钢蓝色的那儿一个微微凹处轻轻一划，一翻，蓝黄色鱼子状的东西绽出来了。"你说脏，脏什么！一点都不！"是不脏，他弄得教我觉得不脏，我甚至没有觉得臭味。洗涮了几次，往鸭掌鸭翅之间一放，样子名贵极了，一个什么珍奇的果品似的。我看他做这一切，用他的洁白的，熨帖的，然而男性的，有精力，果断，可靠的手做这一切，看得很感动。王羲之论钟张书，"张精熟过人，"又曰"须得书意转深，点画之间皆有意，自有言所不得尽其妙者，事事皆然。""精熟""有意"，说得真好。我追随他的每一动作，以心，以目，正如小时，看他作画。父亲一路来直称赞鸡鸭店那个伙计，说他拗折鸭掌鸭翅，准确极了，轻轻一来，毫不费事，毫不牵皮带肉，再三赞叹他得着了"诀窍"，所好者技，进乎道矣，相信父亲自己落到鸡鸭店做伙计，也一定能做到如此地步的！

这个地方鸡鸭多，鸡鸭店多，教门馆子多，一定有不少回族。回族多，当有来历，是一颇有兴趣问题，我们家乡信伊斯兰教的极少，数得出来的，鸡鸭店则全城似只一家。小小一间铺面，干净而寂寞，经过时总为一种深刻印象所袭，一种说不出来的东西与别人家截然不同。铺子在我舅舅家附近，出一个深巷高坡，上了大街，拐角上第一家就是。主人相貌奇古，一个非常的大鼻子，真大！鼻子上一个洞，一个洞，通红通红，十分鲜艳，一个酒糟鼻子。我从那一个鼻子上认得了什么叫酒糟鼻子。没有人告诉过我，我无师自通，一看见那个鼻子就知道了："酒糟鼻子！"日后我在别处看见了类似而远比不上的鼻子，我就想到那个店主人。刚才在鸡鸭店我又想到那个鼻子！从来没有去买过鸡鸭，不知那个鼻子有没有那样的手段？现在那个人，那片店，那条斜阳古柳的巷子不知如何了。……

一串螃蟹在门后叽里咕噜吐着泡沫。

打气炉子呼呼地响。这个机械文明在这个小院落里也发出一种古代的声音，仿佛是《天工开物》甚至《考工记》上的玩意了。

一声鸡啼。一个金彩绚丽的大公鸡，一只很好的鸡，在小天井里徘徊顾盼，高傲冷清，架上两盆菊花，一盆晓色，一盆懒梳妆。——大概多数人一定欣赏懒梳妆名目，但那不免过于雕琢着意，太贴附事实，远不比晓色之得其神理，不落形象，妙手偶得，可遇不可求。看过又画过这种花的就可以晓得，再没有比这更难捉摸的颜色了，差一点就完全不是那回事！天晓得颜色是什么样子呢，可是一看到这种花暧暧逮逮①，清新醒活的劲儿，你就觉得一点不错，这正是"晓色"！心中所有，笔下所无的两个字。

我们刚回来一会儿，买了鸭翅、鸭掌、鸭舌、鸭肫、八只蟹、青菜两棵、葱一小把、姜一块回来，我来看父亲，父亲整天请我吃，来了几天，吃了几天。昨天晚上隔了一层板壁，他睡在外面房间，我睡在里头，躺在床上商议明天不出去吃了，在家里自己做。不要多，菜只要两个，一个蟹，蒸一蒸，不费事，——喝酒；一个舌掌汤，放两个菜头烩一烩——吃饭。我父亲很会过日子，一个人在外头，一高兴就自己做饭，很会自得其乐！——那几只蟹买得好，在路上已经有两个人问过，好大蟹，什么地方买的，多少钱一斤，很赞许的样子，一个老先生，一个女人，全都自然极了，亲切极了，可是我们一点也不认识，真有意思！大都市里恐怕很少这种情形了。

那两个老人是谁呢，父亲跟他们招呼的，在沙

---

① 编者注：暧逮，ài dài，形容浓云蔽日。

滩上？——

　　街上回来，行过沙滩。沙滩上有人分鸭子。三个，——后来又来了一个，四个，四个汉子站在一个大鸭圈里，在熙熙攘攘的鸭子里，一个一个，提起鸭脖子，看一看，分别丢在四边几个较小鸭圈里。看的什么？——四个人都是短棉袄。有纽子扣得好好的，有的只披上，下面皆系青布鱼裙，这一带江边湖边，荡口桥头，依水而住，靠水吃水的人，卖鱼的，贩菱藕的，收鸡头芡实，经营芦柴茭草生意的，类多有这么一条青布裙子。昨天在渡口市摊看见有这种裙子在那儿卖，我说我想买一条，父亲笑笑。我要当真去买，人家不卖，以为我是开玩笑。真想看一个人走来讨价还价，说好说歹，这一定是很值得一看的。然而过去又过来，那两条裙子竟是原样放着，似乎没有人抖开前前后后看过！这种裙子穿在身上，有什么好处，什么方便，有什么感情洋溢出来呢？这与其说是一种特别装束，不如说是一种特别装束的遗制，其由来盖当相当古远，似乎为了一点纪念的深心！他们才那么爱好这条裙子，和头上那种瓦块毡帽。这么一打扮，就"像"了，所有的身份就都出来了。"我与我周旋久，宁作我，"生养于水的，必将在水边死亡，他们从不梦想离开水，到另一处去过另外一种日子，他们简直自成一个族类，有他们不改的风教遗规。看的是鸭头，分别公鸭母鸭？母鸭下蛋，可能价钱卖得贵些？不对！鸭子上了市，多是卖给人吃，养老了下蛋的十只里没有一只。要单别公母，弄两个大圈就行了，把公的赶到一边，剩下不就全是母的了，无须这么麻烦。是公是母，一眼还不就看出来，得要那么捉起来放到眼前认一认么？那几个小圈里分明灰头绿头都有。——沙滩上悠悠宫宫，安静极了，然而万籁有声，江流浩浩，飘忽着一种广大深微的呼吁，一种半消沉半积极的神秘意向，极其悄怆感人。东北风。交过小雪了，真的入了冬了，可是江南地暖，虽已至"相逢不出手"时候，身体各处却还觉得舒舒服服，饶有清兴，不很肃杀。天有默阴，空气里潮润润的。新麦，旧柳，抽了卷须的豌豆苗，散过了絮的蒲公英，全都欣然接受这点水气，很久没有下雨。鸭子似乎也很满意这样的天气，显得比平常安静得多。脖子被提起来，并不表示抗议，——也由于那几个鸭贩子提得是地方，一提起，就势儿就摔了过去，不致令它们痛苦，甚至那一摔还会教它们得到筋肉伸张的快感，所以往来走动，煦煦然很自在的样子，一点也看不出悲惨。人多以为鸭子是很会唠叨的动物，其实鸭子也有默处的时候，不过这么一大群鸭子而能如此雍雍雅雅，我还从未见过！它们今天早上大都得到一顿饱餐了吧。——什么地方来了一阵煮大麦芽的气味，香得很，一定有人用长柄大铲子慢慢地搅和着，就要出糖了。——是称称斤量，分开新鸭老鸭？也不对。这些鸭子全差不多大，没有问题，全是今年养的，生日不是四月就是五月初头，上下差也差不了几天。骡马看牙口，鸭子不是骡马。要看，也得叫鸭子张嘴，而鸭子嘴全闭得扁扁的！黄嘴也扁扁的，绿嘴也扁扁的。掰开来看全都是一圈细锯齿，它的板牙在肚子里，膆囊里那堆石粒子！嘴上看什么呢？——我已经断定他们看的是鸭嘴。看什么呢？哦，鸭嘴上有点东西！有一个一个印子，刻出来的。有的是一道，有的两道，有的一个十字叉叉，那个脸红通通的小伙子，（他棉袄是新的，鞋袜干干净净，他不喝酒，不赌钱，他是个好"儿子"，他有个很疼爱他的母亲。我并不嫉妒你！）尽挑那种嘴上两道的。这是记认。这一群鸭子不是一家养的，主人相熟，一伙运过江来，搅乱了，现在再分开各自出卖。对了，不会错的，这个记认作得实在有道理。

江边风大，立久了究竟有点冷，走罢。

刚才运那一车子鸡的夫妻俩不知到了那里。一板车的鸡，一笼一笼堆得高高的。这些鸡算不算他们自己的？算他们的，该不坏了，很值几文呢。看样子似不大像，他们穿得可大不齐整。这是做活，不是上庙烧香，不是回娘家过节，用不着打扮，也许。这副板车未免太笨重了一点，车本身比那些鸡一定重得多。——虽然空车子拉起来一定又觉得很轻松的。我起初真有点不平，这男人岂有此理，让女人在前头拉，自己提了两个看起来没有多大分量的蒲包在后头自自在在地踱方步，你就在后头推一把也不妨呀！父亲不说什么，很关心地看他们过去。一直到了快拐弯的地方，我们一相视，心里有同样感动了。这一带地怎么那么不平，那么多的坑！车子拉动了之后，并不怎么费力的，陷在坑里要推上来才不容易。一下子歪倒了，赶紧上去救住，不但要气力，而且要机警灵活，压着撞着都不轻。这一下子，够受的！他抵住了，然而一个轮子还是上不来。我们走过来，两个老人也跑了过来。我上去推了一把，毫无用处，还是老人之一捡了一块砖煞住一个老往后滑的轮子，那个男人（我现在觉得他很伟大，很敬佩他），发一声喊，车子来了！不该走这条路的，该稍微绕绕，旁边不还稍微平点么。她是没有看到？是想一冲冲过去的？他要发脾气了，埋怨了！然而他没有，不但脸上没有，心里也没有。接过女人为他拾回来的落掉的瓦块帽子，掸一掸草屑，戴上，"难为了，"又走了，车子吱吱咽咽拉了过去。我这才听见，怎么刚才车轴似乎没有声音呢？加点油是否好些？他那两个蒲包里是什么东西？鸡食？路上"歪掉"的鸡？两包盐？

我想起《打花鼓》，

　　恩爱的夫妻
　　槌不离锣

这两句老在我心里唱，连底下那个"啊呃哎"。这个"啊呃哎"一声一声的弄得我心里很凄楚起来。小时杂在商贾负贩人中听过庙戏多回，不知怎么记得这么两句《一枝花》。后来翻查过戏谱，曾记诵过《打花鼓》全出，可是一有什么感触时仍是这两句，没头没脑的尽是哼哼。

这个记认作得实在很有道理。遍观鸭子全身，还有什么其他地方可以作记认呢？不像鸡，鸡长大了毛色各各不同，养鸡人全都记得，在他们眼中世界上没有两只同样的鸡，（《王婆骂鸡》曲本中列鸡色目甚繁多贴当，可惜背不全了！）偷去杀了吃掉，剥下一堆毛，他认也认得清，小鸡子则都给染了颜色，在肩翅之间，或红或绿。有老母鸡领着，也不大容易走失。染了颜色不大好看，我小时颇不赞成，但人家养鸡可不是为的给我看的！鸭子麻烦，身上不能染红绿颜色，它要下水，整天浸在水里颜色要褪。到一放大毛，普天之下的鸭子就只有两种样子了，公鸭，母鸭。所有的公鸭都一样，所有的母鸭也全一样。鸭子养在河里，你家养，他家养，在河里会面打伙时极多，虽然赶鸭人对自己的鸭有法调度，可是有时不免要混杂。可以作记认，一看就看出来的只有那张嘴。（沈石田画鸭，总是把鸭嘴画得比实际的要宽长些，看过他三幅有鸭子或专画鸭子的画，莫不如是。）上帝造鸭，没有想到鸭嘴有这么个用处吧。小鸭子，嘴嫩嫩的，刻起来大概很容易，用把小洋刀，钳子，钉头，或者随便什么，甚至荆棘的刺，但没有问题，养鸭人家一定专有一个什么东西，轻轻那么一划就成了。鸭嘴是角质，就像指甲似的没有神经，刻起来不痛。刻过的，没有刻过的，只要是一张嘴，一样吃碎米，浮萍，蛆虫，虾蚤，猫杀子罗汉狗子小鱼，鸭子们大概毫不在乎，不会有一只鸭子发现了，大叫出来，"咦，老哥，你嘴上怎么回事，雕了花？"想出这个主意的必然是个伶俐聪明人。这四个汉子中哪一个会发明出来，如果从前从未有过这么一个办法？那个红脸小伙子眼睛生得很美，很撩人的，他可以去演电影。——不，还是鱼裙瓦块帽做鸭子生意！

然而那两个老人是谁呢？

父亲揭起煨罐盖子看看，闻了闻气味，"差不多了，"把一束葱放下去，掇到另一小火的炉上闷起来，打汽炉子空出来蒸蟹。碗筷摆出来，两个杯子里酌满了酒，就要吃饭了。酒真好，我十年来没有喝过这样好酒。父亲说我来了这几天，他比平常喝得要多些，我很喜欢。

"那两个年纪大的是谁？"

"怎么，——你不记得了？"

我还以为我的话问得突兀，我们今天看见过好几个老人，虽然同时看见，在一处的，只有那两个；虽然父亲跟他们招呼过，未必像我一样对他们有兴趣，一直存在心里吧。他这一反问教我很高兴，分明这是很值得记得的两个人，我的眼睛没有错，他们确是有吸引人的地方的！我以为父亲跟他们招呼时有种特殊的敬爱，也没有错，我一问，他即知道问的是谁。大概父亲也会谈起的。

"一个是余老五。"

余老五！这我立刻就知道了，是高大，广额方颡，一腮帮子白胡子根的那个。刚才我就觉得似曾相识，那里看见过的，想来想去，找不到那个名字，我还以为又是把在另一处看过的一个老人的影子错借来了。他是余老五，真不该忘记。近二十年了，我从前想过他，若是老了该是什么样子，正是这个样子！难怪那么面熟。他不该上这里来，若在家乡街上，我能不认得？——那个瘦瘦小小，目光精利，一小撮山羊胡子，头老微微扬起，眼角微有嘲讽痕迹，行动不像是六十几的人，是——

"陆长庚。"

"陆长庚。"

"陆鸭。"

陆鸭！不过我只能说是知道他，那时候我还小。——不像余老五那是天天见得到的老街坊。

说是老街坊，余大房离我们家很有一截子路，地名大溏，已经是附郭最外一圈，是这条街的尾闾了。余大房是一个炕，余老五在余大房炕房当师傅。他虽姓余，炕房可不是他开的，虽然他是这个炕房里顶重要的一个人。老板或者是他一宗，恐怕相当远，不大清楚了。大溏是一片大水，由此可至东北各乡及下河县城水道，而水边有人家处亦称大溏。这是个很动人的地方，风景人物皆极有佳胜处，产生故事极多。在这里出入的，多是那种戴瓦块毡帽系鱼裙朋友。用一个小船在河心里顺流而下，可以看到垂杨柳、脆皮榆、茅棚瓦屋之间高爽地段常有一座比较齐整的房子，两边墙上粉得雪白，几个黑漆大字，显明阅目，一望可见，夏天外头多用芦席搭一个凉棚，绿缸中渍着凉茶，冬天照例有卖花生薄脆的孩子在门口踢毽子，树顶常飘有做会的纸幡或红绿灯笼的那是"行"。一种是鲜货行，代客投牙买卖鱼虾水货，荸荠慈菇，芋艿山药，鸡头薏米，种种杂物。一种是鸡鸭蛋。鸡鸭蛋行旁边常常是一爿炕房。炕房无字号，多称姓某几房，似颇有古意，而余大房声誉最著，一直是最大的一家。

余五整天没有什么事情，老看他在街上逛来逛去，而且到哪里提了他那把紫砂茶壶，坐下来就聊，一聊一半天。而且好喝酒，一天两顿，一顿四两。而且好管闲事，跟他毫无关系的事，他也要挤上来说话。而且声音奇大，这条街上一爿茶馆里随时听见他的声音。有时炕房里差个小孩子来找他有事，问人看见没有。答话人常是"看没有看见，听倒听见的。再走过三家门面，你把耳朵竖起来，找不到，再回来问我。"他一年闲到头，吃，喝，穿，用，全不缺。余大房养他。只有春夏之间，不大看见他影子了。

不知多少年没有吃那种"巧蛋"了。巧蛋是孵小鸡没有孵出来的蛋。不知什么道理，常常有些小鸡长不全，多半是长了一个小头，下面还是个蛋，不过颜色已变，黄黄的，上面略有几根毛丝；有的甚至连翅膀也全了。只是出不了壳。出不了壳，是鸡生得笨，所以这种蛋也称为"拙蛋"，说是小孩吃不得的，吃了书念不好。可是通常反过来，称为"巧蛋"了，念书的孩子也就马马虎虎准许吃了，虽然并不因为带一个巧字而鼓励孩子吃。这东西很多人不吃的。因为看上去有点发酥发麻，想一想也怪不舒服。对于不吃的人，我并不反对。有人很爱，到时候千方百计地去找。很惭愧，我是吃过的，而且只好老实说，味道很不错。吃都吃过了，赖也赖不掉，想高雅也高雅不起来了。——吃巧蛋的时候，看不见余五了，清明前后，正是炕鸡子的时候。接着，又得炕小鸭子，四月。

蛋先得挑一挑，那多是蛋行里人责任，哪一路，哪一路收来的蛋，他们都分得好好的，鸡鸭也有"种口"，哪一种容易养，哪一种长得高大，哪一种下得蛋，他们全知道。分好了，剔一道，薄壳，过小，散黄，乱带，日久，全不要。再就是炕房师傅的事了。在一间暗屋子里，一扇门上开一个小圆洞，蛋放在洞上，闭一只眼睛，睁一只眼睛反复映看，谓之"照蛋"。第一次叫"头照"。头照是照"珠子"，照蛋黄中的胚珠，看受过精没有，用他们说法，是看有过公鸡，或公鸭没有。没有过公鸡公鸭的，出不了小鸡小鸭。照完了，这就"下炕"了。下炕后三四天，（他们是论时辰的，不会这么含糊，三四天是我的印象，）取出来再照，名为"二照"，二照照珠子"发饱"没有。头照很简单，谁都作得来，不用在门洞上，用手轻握如筒，蛋放在底下，迎着亮，转来转去，就看得出有没有那么一点了。二照比较要点功夫，胚珠是否隆起了一点，常常不容易断定。二照剔下来的蛋拿到外头卖，还是一样，一点看不出是炕过的。二照之后，三照四照，隔几天一次，三四照之后的蛋就变了，到知道炕里蛋都在正常发育，就不再动它，静待出炕"上床"。

　　下了炕之后，不大随便让人去看。下炕那天照例三牲五事，大香大烛，燃鞭放炮，磕头拜敬祖师菩萨，很隆重庄严。炕一年就做一季生意，赚钱蚀本就看这几天。但跟余五熟识，尤其是跟父亲一起去，就可以走进

鸡鸭名家

0
1
5

炕边看看。所谓"炕"是一口一口缸，里头涂糊泥草，下面不断用火烘着。火要微微的，保持一定温度。太热了一炕蛋就都熟了，太小也透不进去。什么时候加点糠或草，什么时候去掉一点，这是余五职分。那两天他整天不离开一步。许多事情不用他下手，他只需不时看一看，吩咐两句话，有下手从头照着作。余五这可显得重要极了，尊贵极了，也谨慎极了，还温柔极了。他说话细声细气，走路也轻轻地，举止动作，全跟他这个人不相称。他神情很奇怪，像总在谛听着什么似的，怕自己轻轻咳嗽也会惊散这点声音似的，聚精会神，身体各部全在一种沉湎，一种兴奋，一种极度敏感之中。熟悉炕房情形的人，都说这行饭不容易吃，一炕下来，人要瘦一套，吃饭睡觉也不能马虎一刻，这样前前后后半个多月！从前炕房里供余五抽烟的。他总是躺在屋角一张小床上抽烟，或者闭目假寐，不时就壶嘴喝一口茶，哑哑地说一句什么话。一样借以量度的器械都没有，就凭他这个人，一个精细准确而复杂多方的"表"，不以形求，全以神遇，用他的下意识来判断一切。这才是目睹身验着一个一个生命怎么完成，多有意思事情！炕房里暗暗的，暖洋洋的，空气里潮濡濡的，笼着一度暖昧含隐的异样感觉，怔怔悸悸，缠绵持续，惶恐不安，一种怀春含情的感觉。余老五也真是有一种"母性"，虽然这两个字不管用在从前一腮帮子黑胡根子，现在一腮帮子白胡根子的余五身上都似颇为滑稽。

蛋炕好了，放在一张一张木架上，那就是"床"。床上垫棉花，放上去，不多久，就"出"了，小鸡子一个一个啄破蛋壳，啾啾叫起来。听到这声音，老板心里就开了花，而余五眼皮一耷拉，已经沉沉睡去了，小鸡子在街上卖的时候，正是余五呼呼大睡的时候。——鸭子比较简单，连床也不用上，难的是鸡。

卖小鸡小鸭是很有意思的行业。小鸡跟真正的春天一起来，气候也暖了，花也开了。而小鸭子接着就带来了夏天。"春江水暖鸭先知，"说的岂是老鸭？然而老鸭多半养在家里，在江水中游泳的似不甚多。画春江水暖诗意画出黄毛小鸭来，是极自然的，然而事实上大概是错的。小鸡小鸭都放在一个竹编浅沿有盖大圆盒子里卖，挑了各处走，似乎没有吆唤的。一路走，一路啾啾地叫，好玩极了。小鸡小鸭皆极可爱，小鸡娇弱伶仃，小鸭常傻气固执。看它们窜跑跳跃，感到生命的欢欣。提在手里，那点微微挣抗搔骚，令人心中怦怦然动，胸口痒痒的。

余大房何以生意最好？因为有一个余老五，余老五是这一行的一个"状元"。余老五何以是状元？他炕出来的小鸡跟别人家的摆在一起，来买的人一定买余老五的鸡，他的小鸡特别大。刚刚出炕的小鸡，刚从蛋里出来的，照理是一样大小，不过是那么重一个，然而余五鸡就能大些。上戥子称，上下差不多，而看上去他的小鸡要大一套！那就好看多了，当然有人买。怎么能大一套呢？他让小鸡的绒毛都出足了。鸡蛋下了炕，比如要几十个时辰，可以出炕了，别的师傅都不敢到那个最后限度，小鸡子出得了，就取出来上床，生怕火功水气错了一点，一炕蛋整个的废了，还是稳点罢，没有胆量等。余五大概总比较多等一个半个时辰。那一个半个时辰是顶吃紧时候，半个多月工夫就在这一会儿现出交代，余五也疲倦到达到极限了，然而他比平常更觉醒，更敏锐。他那样子让我想起"火眼狻猊""金眼雕"之类绰号，完全变了一个人，眼睛陷下去，变了色，光彩近乎疯人狂人。脾气也大了，动辄激恼发威，简直碰他不得，专断极了，顽固极了。很奇怪的，他倒简直不走近火炕一步，半倚半靠在小床上抽烟，一句话也不说。木床棉絮准备得好好的，徒弟不放心，轻轻来问一句"起了罢？"摇摇头，"起了罢？"还是摇摇头，只管抽他的烟，这一会儿正是小鸡放绒毛的时候，忽而作然而起，"起！"徒弟们赶紧一窝蜂取出来，简直才放上床，就啾啾啾啾地纷纷出来了。余五自掌炕以来，从未误过一回事，同行中无不赞叹佩服，以为神乎其技。道理是简单的，可是人得不到他那种不移的信心。不是强作得来的，是天才，是学问，余五炕小鸭，亦类此出色。至于照蛋煨火等节目，是尤其余事了。

因此他才配提了紫砂壶到处闲聊，一事不管，人家说不是他吃老板，是老板吃着他，没有余老五，余大房就不成其为余大房了，没有余大房，余老五仍是一个余老五。什么时候他前脚跨出那个大门，后脚就有人替他把那把紫砂壶接过去了，每一家炕房随时都在等着他。从前每年都有人来跟他谈的，他都用种种方法回绝了，后来实在麻烦不过，他开玩笑似的说"对不起，老板坟地都给我看好了！"

父亲说，后来余大房当真托人在泰山庙，就在炕房旁边，给他谈过一小块地，买成没有买成，可不知道了，附近有一片短松林，我们从前老上那儿放风筝，蚕豆花开得紫多多的，斑鸠在叫。

照说，陆长庚是个更富故事性的人，他不像余五那么质实朴素。余五高高大大，方肩膀，方下巴，到处去，而陆长庚只能算是矮子里的高人，属于这一带所说"三料个子"一型，眉毛稍微有点倒，小小眼睛，不时眨动，眨动，嘴唇秀小微薄而柔软，透出机智灵巧，心窍极多，不过乍一看不大看得出来，不仅是他的装束，举止言辞亦带着很重的农民气质，安分，卑怯，愿谨，虽然比一般农民要少一点惊惶，而绝望得似乎更深些。就是这点绝望掩盖而且涂改了他的轻盈便捷了。他不像余五那样有酒有饭，有保障有寄托，他受的折磨、伤害、压迫、饥饿都多，他脸小，可是纹路比余五杂驳，写出更多人性。他有太多没有说出来的俏皮笑话，太多没有浪费的风情，没有安慰没有吐气扬眉，没有——我看我说得太逞兴了，过了一点分！所以为此，只因为我有点气愤，气愤于他一定有太多故事没有让我知道。余五若是个为人所敬重的人，他应当是那一带茶坊酒座，瓜架豆棚的一个点缀，是一个为人所喜爱的角色，可是我父亲知道他那点事完全是偶然；他表演了那么一回，也是偶然！

母亲故世之后，父亲觉得很寂寞无聊。母亲葬在窑庄，窑庄我们有一块地，这块地一直没有收成，沙性很重，种稻种麦，都不适宜，那么一片地，每年只得两担荒草作租谷，父亲于是想辟成一个小小农场，试种棉花，种水果，种瓜。把庄房收回来，略事装修，他平日即住在那边，逢年过节，有什么事情才回来。他年轻时体格极强，耐得劳苦，凡事都躬亲执役，用的两个长工也很勤勉，农场成绩还不错。试种的水蜜桃虽然只开好看的花，结了桃子还不够送人的，棉花则颇有盈余，颜色丝头都好，可是因为好得超过标准，不合那一路厂家机子用，后来就不再种了。至今政府物产统计表上产棉项下还列有窑庄地方，其实老早已经一朵都没有了。不过父亲一直还怀念那个地方，怀念那一段日子，他那几年身体弄得很好，知道了许多事情，忘记了许多事情，从来没有那么快乐满足过。我由一个女用人带着，在舅舅家过，也有时到窑庄住几天，或是父亲带我去或是我自己来了，事前连通知都不通知他！

那天我去，父亲正在屋后园子里给一棵攀杏①接枝。这不是接枝的时候，不过是没有事情作，接了玩玩。接枝实在是很好玩，两种不同的树木会连在一起生长，生长而又起变化，本来涩的会变甜了，本来纽子大的会有拳头大，多神奇不可思议的事！他不知接了多

鸡鸭名家

————————

① 编者注：疑是番杏。

少，简直看见树他就想接！手续很简单，接完了用稻草一缠就可以了。不过虽是一根稻草，却束得妥帖坚牢，不会松散。削切枝条的，正是这把角柄小刀，用了这么些年了，还是刀刃若新发于硎。我来是请他回家过节，问他我们要不就在这里过节好不好。而一个长工来了：

"三爷，鸭都丢了！"

"怎样都丢了？"

这一带多河沟港汊，出细鱼细虾，是很适于养鸭地方。这块地上老佃户倪二，父亲原说留他，可是他对种棉花不感兴趣，而且怎么样也不肯相信从来没有结过棉花地方会出棉花，这块地向来只长荞麦，胡萝卜，绿豆，红毛草！他要退租，退租怎么维生，他要养鸭；鸭从来没有养过怎么行，他说从前帮过人，多少懂一点，没有本钱，没有本钱想跟三爷借，父亲觉得不能让他再种红毛草了，很对不起他，应当借给他钱。为了好玩，父亲也托他，买了一百只小鸭，贴他一点钱，由他代养。事发生手，他居然把一趟鸭养得不坏，父亲高兴，说：

"倪二，你不相信我种棉花，我也不相信你养鸭子，可是现在田里是什么，一朵一朵白的，那是什么？"

"是棉花。河里一只一只肥的，是——鸭子！"

"事在人为。明年我们换换手，你还是接这块地种，现在你相信它能出棉花了。我明年也来养鸭！"

父亲是真有这样意思的，土地适于植棉，已经证实，父亲并没有打算一直在这里待下去，总得有人接过。后来田还是交给倪二了。可是因为管理不善，结出来的朵子越来越伶仃了。鸭，父亲可没有自己去养，他是劝劝倪二也还是放弃水面，回到泥土，总觉得那不大适合他，与他的脾气个性，甚至血统都不相宜，这好像有一种命定安排似的，他离不开生长红毛草的这一片地，现在要来改行已经太晚了。人究竟不像树木，可以随便接枝。即树木，有些接枝也不能生长的。站在庄头场上，或早或晚，沉沉雾霭，淡淡金光中，可以看到倪二喳喳吃吃赶着一大阵鸭子经过荡口，父亲常常要摇头。

"还是不成，不'像'！他自己以为帮人喂过食，上过圈，一窝鸭子又养得肥壮，得意得了不得，仿佛是老行家了，可是样子总不大对。这些鸭子还没有很认得他，服他、依他，他跟鸭子不能那么完全是一家子似的。照理，都就要卖了，应当简直不用拘束，那根篙子轻易不大动了。我没有看见过赶鸭用这种神情赶鸭的！"

鸭名家

他把"神情"两个字说得很重，仿佛神情是个什么可以拿在手里挥舞的东西似的。倪二老实一点，可是我父亲对他不能欣赏他是也可以感觉到的，倪二不服，他有他的话：

"三爷，您看！"

他的意思是就要八月中秋，马上就可以赶到市上变钱，今年鸡鸭上好市面，到那个时候倪二再说他当初为什么要改业，看看倪二眼光如何，手段如何。父亲想气他一气，说：

"倪二，你知道你手里那根篙子有多重？人说篙子是四两拨千斤，是不是只有四两？"

这就非教倪二红脸不可了，伤了他的心，他那根篙子搦得实在不顶游刃得体，不够到家。不过父亲没有说，怕太损了他的尊严。

养鸭是很苦的事。种田也是很苦的事，但那是另外一种苦。问养鸭人顶苦是什么，很奇怪的，他们回答"是寂寞"。这简直不能相信了，似乎寂寞只是坐得太久谈得太多，抽烟喝茶度日的人才有的感情，"乡下人"！会"寂寞"吗？也许寂寞是人的基本感情之一，怕寂寞是与生俱来的，襁褓中的孩子如果不是确知父母在留心着自己，他不肯一个人睡在一间屋子里。也可能这是穴居野处时对于不可知的一切来袭的恐惧心理的遗传，人总要知觉到自己不是孤身地面对整个自然。种地不是一个人的事情，车水、薅草、播种、插秧、打场、施肥，有歌声，有锣鼓，有打骂调笑，相慰相劳，热热闹闹，呼吸着人的气息。而养鸭是一种游离，一种放逐，一种流浪。一清早，天才露白，撑一个浅扁小船，才容一人起坐，叫作"鸭撇子"，手里一根竹篙，竹篙头上系一个稻草把子或破芭蕉蒲扇，用以指挥鸭子转弯入阵，也用以划水撑船，就冷冷清清地离了庄子，到一片茫茫的水里去了。一去一天，直到天压黑，才回来。下雨天穿蓑衣，太阳大戴笠子，凉了多带件衣裳，整个被人遗忘在这片水里。"连个说说话的人都没有"。这句话似极普通，可是你看看养鸭人的脸，听起来就有无比的悲愁。在那么空寥的地方，真是会引起一种原始的恐惧的，无助、无告、忍受着一种深入肌理，抽搐着腹肉，教人想呕吐的绝望，"简直要哭出来"！单那份厌气就无法排遣，只有拼命吧嗒旱烟。远远的可以听到一两声人声，可是眼前是这些扁毛畜生！牛羊，甚至猪，都与人切身相关，可以产生感情，要跟鸭子谈谈心实在是很困难。放鸭的如果不是特别有心性，会自己娱悦，能弄一点什么东西在手上作作，心里想想的，很容易变成孤僻怪物之冷漠而褊窄。父亲觉得倪二旱烟瘾越来越大，行动虽还没看出什么改变，可是有点什么东西正在深重起来，无以名之，只有借用又是只通用于另一阶级的名词：犬儒主义。

可是鸭子肥得倪二欢喜，他看完了好利钱，这支持着他。

前两天倪二说，要把鸭子赶去卖了，已经谈好了，行用，卡钱，水脚，全算上，连底三倍利。就要赶，问父亲那一百只鸭怎么说，是不是一起卖。父亲关照他留三十只，送送人，也养几只下蛋，他要看自己家里鸭子下两个双黄玩玩。昨天晚上想起来，要多留二十只，今天叫长工去荡里跟倪二说一声。

"鸭都丢了！"

倪二说要去卖鸭，父亲问他要不要人帮一帮，怕他一个人对付不了。鸭子运起来，不像鸡装了笼子，仍是一只小船，船上准备人的粮食，简单行李，鸭圈一大卷，人在船，鸭在水，一路迤迤逶逶地走。鸭子路上要吃，还是鱼虾水虫，到了那头才不瘦瘪减分量，精神好看。指挥拨反全靠那根篙子。有人可以在大江里赶十天半月，晚上找个沙洲歇一歇，这不是外行冒充得来的。

"不要！"

怕父亲还要说什么，他偷偷准备准备，留下三十只，其余的一早赶过荡，过白莲湖，转到大湖里，到邻县城里去了。长工一到荡口，问人：

"倪二呢？"

"倪二在白莲湖里，你赶快去看看，叫三爷也去看看，——一趟鸭子全散了！"

白莲湖是一口小湖，离窑庄不远，出菱，出藕，藕肥白少渣滓，荷花倒是红的多。或散步，或乘船赶二五八集期，我们也常去的，湖边港汊甚多，密密的长着芦苇。新芦苇长得很高了。莲蓬已经采过，荷叶颜色发了黑，多半全破了，人过时常有翡翠鸟冲起掠过，翠绿的一闪，疾速如箭，切断人的思绪或低低地唱歌。

小船浮在岸边，竹篙横在船上，篙子头上的破蒲扇不知哪里去了。倪二呢？坐在一个石辘轳上，手里团着他的瓦块帽子，额头上破了一块皮，在一个人家晒场上，为几个人围着，他好像老了十年。他疲倦了，一清早到现在，现在是下半天了，他一定还没有吃过饭，跟这些鸭子奋斗了半日。他的饭在船上一个布口袋里，一袋子老锅巴。他坐着不动，看不出他心里什么滋味，不时头忽然抖一抖，好像受了震动。——他的脖子里的沟好深，一方格一方格的，颜色真红，烧焦了似的。那么坐着，脚恐怕要麻了，好傻相的脚！父亲叫他：

"倪二。"

"三爷！"

他像个孩子似的哭起来了。——怎么办呢？

"去找陆长庚，他有法子。"

"哎，除非陆长庚。"

"只有老陆，陆鸭。"

陆长庚在那里？

"多半在桥头茶馆。"

桥头有个茶馆，为的鲜货行客人、蛋行客人、陆陈粮行客人，区里、县里、党部里来的人谈话讲生意而设的，卖清茶，代卖烟纸、洋杂、针线、香烛、鸡蛋糕、麻酥饼、七厘散、紫金锭、菜种、草鞋、契纸、小绿颖毛笔，金不换黑墨，何通记纸牌。这一带闲散无事人常借茶馆聚赌玩钱。有时纸牌，最为文雅。有时麻雀，那副牌有一张红中丢了，配了牌九上一张杂七，这杂七于是成为桌上最关心的一张牌了。有时推牌九，下旁注的比坐下来拿牌的要多，在后头呼幺喝六，帮别人呐喊助威的更多。船从桥边过，远远地就看到一堆兴奋忘形的人头人手，走过了一段，还听得到"七七八八——不要九！""磨一点，再磨一点，天地遇牡牛，越大越封侯！"呼声。常在后头看斜头胡的，有人指点过，那就是陆长庚，这一带放鸭的第一手，诨号陆鸭，说他自己简直就是一只老鸭。——瘦瘦小小，神情总是在发愁的样子。他已经多年不养鸭了，见到鸭就怕了，运气不好，老是瘟。

"不要你多，十五块洋钱。"

十五块钱在从前很是一个数目了。许多人都因为这个数目而回了回头，看看倪二，看看陆长庚，桌面上顶大的注子是一吊钱三三四，天之九吃三道。

说了半天，讲定了，十块钱。看一家地杠通吃，红了一庄，方去。

"把鸭圈全拿好，倪二你会赶鸭子进圈的？我吆上来，你就赶，鸭子在水里好弄，上了岸七零八落的不好捉。"

这十块钱太赚得不费力了！拈起那根篙子，撑到湖心，人扑在船上，把篙子平着在水上扑一气，嘴里啧啧咕咕不知叫点什么，吓——都来了！鸭子四面八方，从芦苇缝里像来争什么东西似的，拼命地拍着翅膀，挺着脖子，一起奔到他那只小船的四围来。本来平静寥廓湖面，一时骤然热闹起来，全是鸭子，不知为什么，高兴极了，喜欢极了，放开喉咙大叫，不停地把头没在水里，翻来翻去。岸上人看到这情形，都忍不住大笑起来，连倪二都笑了，他笑得尤其舒服。差不多都齐了，篙子一抬，嘴子曼声唱着，鸭子马上又安静起来，文文雅雅，摆摆摇摇，向岸边游来，舒闲整齐有致。兵法用兵第一贵"和"，这个字用来形容那些鸭子真恰切极了。他唱的不知是什么，仿佛鸭子都很爱听，听得很入神似的，真怪！

"一共多少只？"

"三千多。"

"三千多少？"

"三千零四十二。"

他拣一个高处，四面一望。

"你数数，大概不差了。——嗨！你这里头怎么来了一只老鸭！是那一家养的老鸭教你裹来了！"

倪二分辩，分辩也没有用，他一伸手捞住了。

"它屁股一撅，就知道。新鸭子拉稀屎，过了一年的，才硬。鸭肠子鸭头的那里有个小箍道，老鸭子就长老了。吃新鸭子，不喝酒，容易拉肚，就因为鸭肠子不老。裹了人家鸭自己还不知道，只知道多了一只！"

"我不要你多，只要两只。送不送由你。"

怎么小气，也没法不送他，他已经到鸭圈里提了两只，一手一只，拎了一拎。

"多重？"

他问人。

"你说多重？"

有人问他。

"六斤四，——这一只，多一两，六斤五。这一趟里顶壮的两只。"

不相信，那里一两也分得出，就凭手拎一拎？

"不相信，不相信拿秤来称。称得不对，两只鸭算你的；对了，今天晚上上你家里喝酒。"

称出来，一点都不错。

"拎都用不着拎，凭眼睛看，说得出这一趟鸭一个一个多重。"

不过先得大叫一声才看得出来。鸭身上有毛，毛蓬松着看不出来，得惊它一惊，一惊，鸭毛就紧了，贴在身上了，这就看得出那一个肥那一个瘦。

"晚上喝酒了，在茶馆里会。不让你费事，鸭先杀好。"

他刀也不用，一个指头往鸭子三岔骨处一捣，两只鸭挣扎都不挣扎就死了。

"杀的鸭子不好吃，鸭子要吃呛血的，肉才不老。"

什么事他都是轻描淡写，毫不大惊小怪。说话自然露出得意，可是得意之中还是有一种对于自己的嘲讽，仿佛这是并不稀奇的事，而且正因为有这点本领，他才种种不如别人。他日子过得很不如意，种一点地，种的是豆子。"懒媳妇种豆，"豆子是顶不要花工夫气力的。从前放过鸭，可是本钱都蚀光了。鸭子瘟起来不得了，只要看见一个鸭摇一摇头，就完了。还不像鸡，鸡瘟起来比较慢，灌点胡椒香油，还可以有点救。鸭，一个摇头，个个摇头，马上，都不动了。比在三岔骨上捣一指头还快。常常一趟鸭子放到荡里，回来时只有自己一个人了。看着死，毫无办法。陆长庚吃的鸭可太多了，他发誓，从此决不再养。

"倪老二，十块钱不白要你的，我给你送到。今天晚了，你把鸭圈起来过一夜，明天一早我来。三爷，十块钱赶一趟鸭，不算顶贵噢？"

他知道这十块钱将由谁来出。

当然，第二天大早他来时仍是一个陆长庚，一夜七戳五在手，输得光光的。

"没有！还剩一块！"

这两个人都老了，时候过起来真快。两个老人怎么会到这里来了呢？现在在做什么呢？父亲也不大清楚，我请父亲给我打听打听，可是一直还没有信来。——忽然想起来，那个分鸭子的年轻小伙子一定是两老人之一的儿子，而且是另一老人的女婿。我得写封信去问问。也顺便问问父亲房东家养在院子里的那只大公鸡不知怎么了。——这只公鸡，他们说它有神经病，我看大概不是神经病。一窝小鸡买进来时本来是十只，次第都已死去，只剩下这个长命。不过很怪，常常它会曲起一只脚来乱蹦乱跳一气，就像发了疯似的。可能是抽筋，不过鸡会抽筋么？它左脚有点异样，脚趾全向里弯，有点内八字，最外一个而且好像短了一截，可能是小时教什么重东西压的。是这影响他生理上有时不大平衡么？父亲说怕是受刺激太深，与它的同伴的死有关，那当然是开玩笑。——哎哟，一年了，该没有被杀掉风起来吧？这两天正是风鸡的时候。

# 异　秉

一天已经过去了。不管用什么语气把这句话说出来，反正这一天从此不会再有。然而新的一页尚未盖上来，就像火车到了站，在那儿喷气呢，现在是晚上。晚上，那架老挂钟敲过了八下，到它敲十下则一定还有老大半天。对于许多人，至少在这地的几个人说起来，这是好的时候。可以说是最好的时候，如果把这也算在一天里头。更合适的是让这一段时候独立自足，离第二天还远，也不挂在第一天后头。

晚饭已经开过了。

"用过了？"

"偏过偏过，你老？"

"吃了，吃了。"

照例的，须跟某几个人交换这么两句问询。说是毫无意思自然也可以，然而这也与吃饭不可分，是一件事，非如此不能算是吃过似的。

这是一个结束，也是一个开始。

账簿都已一本一本挂在账桌旁边"钜万"斗子后头一溜钉子上，按照多少年来的老次序。算盘收在柜台抽屉里，手那么抓起来一振，梁上的珠子，梁下的珠子，都归到两边去，算盘珠上没有一个数字，每一个珠子只是一个珠子。该盖上的盖了，该关好的关好。（鸟都栖定了，雁落在沙洲上。）只有一个学徒的在"真不二价"底下拣一堆货，算是做着事情。但那也是晚上才做的事情。而且他的鼻涕分明已经吸得大有一种自得其乐的意趣，与白天挨骂时吸得全然两样。其余的人或捧了个茶杯，茶色的茶带烟火气；或托了个水烟袋，钱板子反过来才搓了的两根新媒子；坐着靠着，踱那么两步，搓一搓手，都透着一种安徐自在。一句话，把自己还给自己了。白天他们属于这个店，现在这个店里有这么几个人。

每天必到的两个客人早已来了，他们把他们的一切都带了来，他们的声音笑貌，委屈嘲讪，他们的胃气疼和老刀牌香烟都带来了。像小孩子玩"做人家"，各携瓜皮菜叶来入了股。一来，马上就合为一体，一齐渡过这个"晚上"像上了一条船。他们已经聊了半天，换了几次题目。他们唏嘘感叹，啧啧慕响，讥刺的鼻音里有酸味，鄙夷时撇撇嘴，混合一种猥亵的刺激，舒放的快感，他们哗然大笑。这个小店堂里洋溢感情，如风如水，如店中货物气味。

而大家心里空了一块。真是虚应以待，等着，等王二来，这才齐全。王二一来，这个晚上，这个八点到十点就什么都不缺了。

今天的等待更是清楚，热切。

王二呢，王二这就来了。

王二在这个店前廊下摆一个摊子，一个什么摊子，这就难一句话说了。实在，那已经不能叫摊子，应当算得一个小店。摊子是习惯说法。王二他有那么一套架子、板子；每天支上架子，搁上板子；板上上一排平放着的七八个玻璃盒子，一排直立着的玻璃盒子，也七八个；再有许多大大小小搪瓷盆子、钵子。玻璃盒子里是瓜子、花生米、葵花籽儿、盐豌豆，……洋烛、火柴、茶叶、八卦丹、万金油、各牌香烟，……盆子钵子里是卤肚、熏鱼、香肠、煤虾、牛腱、猪头肉、口条、咸鸭蛋、酱豆瓣儿、盐水百叶结、回肠豆腐干。……一交冬，一个朱红蜡笺底下洒金字小长方镜框子挂出来了，"正月初一日起新增美味羊羔五香兔腿"。先生，你说这该叫个什么名堂？这一带人呢，就省事了，只一句"王二的摊子"，谁都明白。话是一句，十数年如一日，意义可逐渐不同起来。

晚饭前后是王二生意最盛时候。冬天，喝酒的人多，王二就更忙了。王二忙得喜欢。随便抄一抄，一张纸包了；（试数一数看，两包相差不作兴在五粒以上，）抓起刀来（新刀，才用趁手），唰唰唰切了一堆；（薄可透亮，）当的一声拍碎了两根骨头：花椒盐，辣椒酱，来点儿葱花。好，葱花！王二的两只手简直像做着一种熟练的游戏，流转轻利，可又笔笔送到，不苟且，不油滑，像一个名角儿。五寸盘子七寸盘子，寿字碗，青花碗，没带东西的用荷叶一包，路远的扎一根麻线。王二的钱龙里一阵阵响，像下雹子。钱龙满了时，王二面前的东西也稀疏了：搪瓷盆子这才现出他的白，王二这才看见那两盏高罩子美孚灯，灯上加了一截纸套子。于是王二才想起刚才原就一阵一阵的西北风，到他脖子里是一个冷。一说冷，王二可就觉得他的脚有点麻木了，他掇过一张凳子坐下来，膝碰膝摇他的两条腿。手一不用，就想往袖子里笼，可是不行，一手油！倒也是油才不敏。王二回头，看见儿子扣子。扣子伏在板上记账，弯腰曲背，窝成一团。这孩子！一定又是"姜陈韩杨"的韩字弄不对了，多一划少一划在那里一个人商量呢。

里边谈笑声音他听得见，他入神，皱眉，张目结舌，笑。他们说雷打泰山庙旗杆，这事他清楚，他很想插一句，脚下有欲动之势。还是留在凳子上吧！他不愿留下扣子一个人，零碎生意却还有几个的。

到承天寺幽冥钟声音越来越清楚，拉洋车的徐大虎子，一路在人家墙上印过走马灯似的影子，王二把他老婆送来的晚饭打开，父子两个吃起来。照例他们吃晚饭时抽大烟的烤鸭架子挟了个酒瓶来切扇风。放下碗，打更的李三买去羊尿泡。再，大概就不会有人来了。王二又坐了一会儿，今天早一点吧，趁三碗饭的暖气未消，把摊子收拾了，一件一件放到店堂后头过道里来。

王二东西多，他跟他扣子两个人还得搬三四趟。店堂里这几位是每天看熟了，然而他们还是看，看他过来，过去，像姑娘看人家发嫁妆。用手用脚的是这两个人，然而好像大家全来合作似的。自然这其间淡漠热烈程度不同。最后至那块镜框子摘下来，王二从过道里带出一捆白天买好的葱。王二把他的葱放在两脚之间而坐下了。坐在那张空着的椅子上。

"二老板！生意好？"

"托福托福，什么话，'二老板！'不要开玩笑好不好！"

王二这一坐下，大家重新换了一遍烟茶；王二一坐下，表示全城再没有什么活动了。灯火照在人家檎子纸上，河边园上乌青菜叶子已抹了薄霜。阻风的船到了港，旅馆子茶房送完了洗脚汤。知道所有人都已得到舒休，这教自己的轻松就更完全。

谈话承前启后地接下来。

这里并未"多"这么一个王二。毋庸为王二而把一套话收起来，或特为搬出一套。而且王二来，说话的人高兴，高兴多了一个人听。不止多了一个人听，是来了个听话的人。王二从不打断别人的话，跟人抬杠，抢别人的话说。他简直没有什么话，听别人的。王二总像知道得那么少，虚怀若谷的听，听得津津有味，"唉""噢"，诚诚恳恳的惊奇动色，像个小孩子。最多，比方说像雷打泰山庙旗杆，他知道，他也让你说，末了他补充发挥几句，而已。王二他大概不知道谦虚这两个字到底该怎么讲，于是他就谦虚得到了家了。

这里的人，自然不会有什么优越感。王二呢，他自己要自己懂得分寸。这里几位，都是店里的"先生"，两个客人，一个在外地做过师爷，看过琼花观的琼花；一个教蒙馆，他儿子扣子都曾经是他学生。王二知道自己绝写不出一封"某某仁翁台电"的信，用他自己的话说，"不敢乱来。"

叫一声"二老板"的，当然有一种调侃的意思在。不过这实在全非恶意，叫这么一声真是欢欢喜喜的。为王二欢喜，简直连嫉妒的意思都没有。那个学徒的这时把货拣完了，一齐拢到一张大匾子里。他看看老《申报》，晓得一个新名词，他心里念"王二是个'幸运儿'。"他笑，笑王二是个幸运儿，笑他自己知道这三个字。

王二真的是不敢当。他红了若干次脸才能不红。（他是为"二老板"而红脸。）

王二随时像做官的见上司一样，不落落实实的坐，虽然还不至于"斜签着"。即是跟他儿子，他老婆在一处，甚至一个人，他也从不往椅子背上一靠，两条腿伸得挺挺的。他的胳臂总是贴着他的肋骨。他说话时也兴奋，激动，鼓舞，但动跳的是他的肌肉，他的心，他不指手画脚，有为加重语气而来一个响榧子。他吃饭，尽管什么事都没有，也是赶活儿一样急急吃了。喝茶，到后头大锡壶里倒得一杯，咕噜噜灌下去，不会一口一口地呷，更不会一边呷，一边把茶杯口在牙齿上轻轻地叩。就说那捆葱，他不会到临走时再去拿吗，可他不，随手就带了来。王二从不缺薄，谢三秀才就是谢三秀才，不是什么"黑漆皮灯笼谢三秀才"。他也叫烤鸭架子为烤鸭架子，那是因为烤鸭架子姓名久经湮没，王二无法觅访也。

"王二的摊子"虽然已经像一个小店了，还是"王二的摊子"。

今天实在是王二的摊子最后一天了。明天起世界上就没有王二的摊子。

王二赁定了隔壁旱烟店半间门面。旱烟店虽还开着门，这两年来实在生意清淡，本钱又少，只能养两个刨烟师傅，一个站柜的伙食，王二来，自然欢迎。老板且想到不出一年，自己要收生意，一齐顶给王二。王二的哥哥王大是个挑萝的，也对付着能做一点木匠活，（王大王二原不住在一齐，这以后，王二叫他搬到他家里来住。）已经叮叮咚咚地弄了两天，一个小柜台即将完成。王二又买了十几个带盖子的洋油铁箱，一口玻璃橱子，一张小桌子，扣子可以记记账。准备准备，三天之后即可搬了过去。

能不搬，王二决不搬。王二在这个檐下吹过十几个冬天的西北风，他没有想到要舒服舒服。这么一丈来长，四尺宽的地方他爱得很。十几年来他在一定时候，依一定步骤在这里支开架子，搁上板子，那里地上一个坑，该垫一个砖片，那里一根椽子特别粗，他熟得很。春天燕子在对面电话线上唧唧呱呱，夏天瓦沟里长瓦松，蜘蛛结网，壁虎吃苍蝇，他记得清清楚楚。晚上听里边说话已成了个习惯。要他离开这里简直是从画儿上剪下一朵花来。而且就这个十几年里头，他娶了老婆生了扣子，扣子还有个妹妹。他这些盒子盆子一年一年多起来，满起来，可是就因为多起来满起来，他要搬家了。这么点地方实在挤得很。这些东西每天搬进搬出，在人家那儿堆了一大堆也过意不去。风沙大，雨大，下雪的时候，化雪的时候，就别提多不方便了。还有，他不愿意他的扣子像他一样在这个檐下坐一辈子。扣子也不小了。

你不难明白王二听到"二老板"时心里一些错综感情。

于是王二搬家了。王二这就不再在店前摆摊子了。

虽然只隔一层墙，究竟是个分别。王二没事时当然会来坐坐，晚上尤其情不自禁地要溜过来的，但彼此将终不免有一分冷清。王二现在来，是来辞行了。他们没有想到这四个字：依依不舍，但说出来就无法否认，虽然只一点点，一点点，埋在他们心里。人情，是不可免的。只缺少一个倾吐罢了。然而一定要倾吐么？

王二呢，他是说来谈谈的。"谈谈"的意思是商量一点事情，什么事情王二肯听听别人意见。今天更有需要向人请教的。他过三天。大小开了一爿店。是店得有个字号。这事前些日子大家早就提到过。

"二老板！黑漆招牌金漆字，如意头子上扎红彩。写魏碑的有崔老夫子，王二太爷石门颂。四个吹鼓手，两根杠子，嗨哟嗨哟，南门抬到北门！从此青云直上，恭喜恭喜！"

王二又是"托福托福，莫开玩笑。"自然心里也有些东西闪闪烁烁翻动。招牌他不想做，但他少不了有些往来账务，收条发单，上头得有个图章。他已经到市场逛了逛，买了两本蓝油夏布面子的新账本，一个青花方瓷印色盒子。他一想到扣子把一方万胜边枣木戳子蘸上印色，呵两口气，盖在一张粉莲纸上，他的心扑通扑通直跳，他一直想问问他们可给他斟酌定了，不好意思。现在，他正在盘算着怎么出口。他嘀咕着："明天，后天，大后天，哎呀！——"他着急要来不及了。刻图章的陈老三认识，赶是可以赶的，总不能弄到最后一天去。他心里有事，别人说什么事，那么起劲，他没听到。他脸上发热，耳朵都红了。

教蒙馆的陆先生叫了一声，

"王老二！"

"噢，什么事陆先生？"

"你的那个字号啊，——"

"哎。"

"我们大家推敲过了。"

"承情承情！"

"乾啦，泰啦，丰啦，隆啦，昌啦，……都不大合适，这个，这个，你那个店不大，怕不大称。（王二正想到这个。）你末，叫王义成，你儿子叫王坤和，你不是想日后把店传给儿子吗，我们觉得还是从你们两个名字当中各取一个字，就叫王义和好了。你这个生意路子宽，不限什么都可以做，也不必底下再赘什么字，就叫'王义和号'好了。如何，你以为？"

王二一句一句地听进去，他听王少堂说"武十回"打虎杀嫂也没这么经心，他一辈子没听过这么好听的声音，陆先生点火吃烟，他连忙：

"好极了，好极了。"

陆先生还有话：

"图章呢，已经给你刻好了，在卢先生那儿。"

王二嘴里一声"啊——"他说不出话来。这他实在没有想到！王二如果还能哭，这时他一定哭。别人呢，这时也都应当唱起来。他们究竟是那么样的人，感情表达在他们的声音里，话说得快些，高些，活泼些。他们忘记了时间，用他们一生之中少有的狂兴往下谈。扣子已经把一盏马灯点好，靠在屏门上等了半天，又撑开罩子吹熄了。

自然先谈了许多往事。这里有几个老辈子，事情记得真清楚。王二父亲什么时候死的，那时候他怎么瘦得像个猴子，到粥厂拾个粮子打粥去。怎么那年跌了一跤，额角至今有个疤，怎么挎了个篮子卖花生，卖梨，卖柿饼子，卖荸荠；怎么开始摆熏烧摊子；……王二痛定思痛，简直伤心，伤心又快乐，总结起来心里满是感激。他手里一方木戳子不歇地掂来掂去。

"一切是命。八个字注得定定的。抬头朱洪武，低头沈万山，猴一猴是个穷范丹。除了命，是相。耸肩成山字，可以麒麟阁上画图。朱洪武生来一副五岳朝天的脸！汉高祖屁股上有七十二颗黑痣，少一颗坐不了金銮宝殿！一个人多少有点异像，才能发。"

于是谈了古往今来，远山近水的穷达故事。

最后自然推求王二如何能有今天了。

王二这回很勇敢，用一种非常严重的声音，声音几乎有点抖，说：

"我呀，我有一个好处：大小解分清。大便时不小便。喏，上茅房时，不是大便小便一齐来。"

他是坐着说的，但听声音是笔直地站着。

大家肃然。随后是一片低低的感叹。

这时门外一声：

"爹！你怎么还不回去？"

来的是王二女儿，瘦瘦小小，像他爹，她手里一张灯笼，女儿后面是他哥哥王大，王大又高又大，一脸络腮胡子，瞪着两眼。

那架老钟抖抖搡搡地一声一声地敲，那个生锈的钢簧一圈一圈振动，仿佛声音也是一个圈一个圈扩散开来，像投石子水，颤颤巍巍。数。铛，——铛，——铛，——铛，……一共十下。

王二起来。

"来了来了。这么冷的天，谁叫你来的！"

"妈！"

忽然哄堂大笑。

"少陪少陪。"

王二走了一步，又站着：

"大后儿，在对面聚兴楼，给个脸，一定到，早到，没有什么菜，喝一杯，意思意思，那天一早晨我来邀。

"少陪你老。少陪，卢先生。少陪，陆先生，……

"扣子！把妹妹手上灯笼接过来！马灯不用点了，我拿着。"

大家目送王二一家出门。

街上这时已断行人，家家店门都已上了。门缝里有的尚有一线光透出来。王二一家稍微参差一点地并排而行。王大在旁，过来是扣子，王二护定他女儿走在另一边。灯笼的光圈晃，晃，晃过去。更锣声音远远地在一段高高的地方敲，狗吠如豹，霜已经很重了。

"聋人放炮仗，我们也散了。"师爷与学究联袂出去，这家店门也阖起来。

学徒的上茅房。

十二月三日写成。上海

# 故里三陈

## 陈 小 手

我们那地方，过去极少有产科医生。一般人家生孩子，都是请老娘。什么人家请哪位老娘，差不多都是固定的。一家宅门的大少奶奶、二少奶奶、三少奶奶，生的少爷、小姐，差不多都是一个老娘接生的。老娘要穿房入户，生人怎么行？老娘也熟知各家的情况，哪个年长的女用人可以当她的助手，当"抱腰的"，不须临时现找。而且，一般人家都迷信哪个老娘"吉祥"，接生顺当。——老娘家都供着送子娘娘，天天烧香。谁家会请一个男性的医生来接生呢？——我们那里学医的都是男人，只有李花脸的女儿传其父业，成了全城仅有的一位女医人。她也不会接生，只会看内科，是个老姑娘。男人学医，谁会去学产科呢？都觉得这是一桩丢人没出息的事，不屑为之。但也不是绝对没有。陈小手就是一位出名的男性的产科医生。

陈小手的得名是因为他的手特别小，比女人的手还小，比一般女人的手还更柔软细嫩。他专能治难产。横生、倒生，都能接下来（他当然也要借助于药物和器械）。据说因为他的手小，动作细腻，可以减少产妇很多痛苦。大户人家，非到万不得已，是不会请他的。中小户人家，忌讳较少，遇到产妇胎位不正，老娘束手，老娘就会建议："去请陈小手吧。"

陈小手当然是有个大名的，但是都叫他陈小手。

接生，耽误不得，这是两条人命的事。陈小手喂着一匹马。这匹马浑身雪白，无一根杂毛，是一匹走马。据懂马的行家说，这马走的脚步是"野鸡柳子"，又快又细又匀。我们那里是水乡，很少人家养马。每逢有军队的骑兵过境，大家就争着跑到运河堤上去看"马队"，觉得非常好看。陈小手常常骑着白马赶着到各处去接生，大家就把白马和他的名字联系起来，称之为"白马陈小手"。

同行的医生，看内科的、外科的，都看不起陈小手，认为他不是医生，只是一个男性的老娘。陈小手不在乎这些，只要有人来请，立刻跨上他的白走马，飞奔而去。正在呻吟惨叫的产妇听到他的马脖子上的銮铃的声音，立刻就安定了一些。他下了马，即刻进产房。过了一会儿（有时时间颇长），听到哇的一声，孩子落地了。陈小手满头大汗，走了出来，对这家的男主人拱拱手："恭喜恭喜！母子平安！"男主人满面笑容，把封在红纸里的酬金递过去。陈小手接过来，看也不看，装进口袋里，洗洗手，喝一杯热茶，道一声"得罪"，出门上马。只听见他的马的銮铃声"哗棱哗棱"……走远了。

陈小手活人多矣。

有一年，来了联军。我们那里那几年打来打去的，是两支军队。一支是国民革命军，相对的一支是孙传芳的军队。孙传芳自称"五省联军总司令"，他的部队就被称为"联军"。联军驻扎在天王庙，有一团人。团长的太太，要生了，生不下来。叫来几个老娘，还是弄不出来。这太太杀猪也似的乱叫。团长派人去叫陈小手。

陈小手进了天王庙。团长正在产房外面不停地"走柳"。见了陈小手，说：

"大人，孩子，都得给我保住！保不住要你的脑袋！进去吧！"

这女人身上的脂油太多了，陈小手费了九牛二虎之力，总算把孩子掏出来了。和这个胖女人较了半天劲，累得他筋疲力尽。他趔趄歪斜走出来，对团长拱拱手：

"团长！恭喜您，是个男伢子，少爷！"

团长龇牙笑了一下，说："难为你了！——请！"

外边已经摆好了一桌酒席。副官陪着。陈小手喝了两盅。团长拿出二十块现大洋，往陈小手面前一送：

"这是给你的！——别嫌少哇！"

"太重了！太重了！"

喝了酒，揣上二十块现大洋，陈小手告辞了："得罪！得罪！"

"不送你了！"

陈小手出了天王庙，跨上马。团长掏出枪来，从后面，一枪就把他打下来了。

团长说："我的女人，怎么能让他摸来摸去！她身上，除了我，任何男人都不许碰！这小子，太欺负人了！"

团长觉得怪委屈。

# 陈 四

陈四是个瓦匠，外号"向大人"。

我们那个城里，没有多少娱乐。除了听书，瞧戏，大家最有兴趣的便是看会，看迎神赛会，——我们那里叫作"迎会"。

所迎的神，一是城隍，一是都土地。城隍老爷是阴间的一县之主，但是他的爵位比阳间的县知事要高得多，敕封"灵应侯"。他的气派也比县知事要大得多。县知事出巡，哪有这样威严，这样多的仪仗队伍，还有各种杂耍玩意儿的呢？再说打我记事起，就没见过县知事出巡过，他们只是坐了一顶小轿或坐了自备的黄包车到处去拜客。都土地东西南北四城都有，保佑境内的黎民，地位相当于一个区长。他比活着的区长要神气得多，但比城隍菩萨可就差了一大截了。他的爵位是"灵显伯"。都土地是有名有姓的。我所居住的东城的都土地是张巡。张巡为什么会到我的家乡来当都土地呢，他又不是战死在我们那里的，这一点我始终没有弄明白。张巡是太守，死后为什么倒降职成了区长了呢？我也不明白。

都土地出巡是没有什么看头的。短簇簇的一群人，打着一些稀稀落落的仪仗，把都天菩萨（都土地为什么被称为"都天菩萨"，这一点我也不明白）抬出来转一圈，无声无息地，一会儿就过完了。所谓"看会"，实际上指的是看赛城隍。

我记得的赛城隍是在夏秋之交，阴历的七月半，正是大热的时候。不过好像也有在十月初出会的。

那真是万人空巷，倾城出观。到那天，凡城隍所经的要闹之处的店铺就都做好了准备：燃香烛，挂宫灯，在店堂前面和临街的柜台里面放好了长凳，有楼的则把楼窗全部打开，烧好了茶水，等着东家和熟主顾人家的眷属光临。这时正是各种瓜果下来的时候，牛角酥、奶奶哼（一种很"面"的香瓜）、红瓤西瓜、三白西瓜、鸭梨、槟子、海棠、石榴，都已上市，瓜香果味，飘满一街。各种卖吃食的都出动了，争奇斗胜，吟叫百端。到了八九点钟，看会的都来了。老太太、大小姐、小少爷。老太太手里拿着檀香佛珠，大小姐衣襟上挂着一串白兰花。用人手里提着食盒，里面是兴化饼子、绿豆糕，各种精细点心。

远远听见鞭炮声、锣鼓声，"来了，来了！"于是各自坐好，等着。

我们那里的赛会和鲁迅先生所描写的绍兴的赛会不

尽相同。前面并无所谓"塘报"。打头的是"拜香的"。都是一些十六七岁的小伙子，光头净脸，头上系一条黑布带，前额缀一朵红绒球，青布衣衫，赤脚草鞋，手端一个红漆的小板凳，板凳一头钉着一个铁管，上插一支安息香。他们合着节拍，依次走着，每走十步，一齐回头，把板凳放到地上，算是一拜，随即转身再走。这都是为了父母生病到城隍庙许了愿的，"拜香"是还愿。后面是"挂香"的，则都是壮汉，用一个小铁钩勾进左右手臂的肉里，下系一个带链子的锡香炉，炉里烧着檀香。挂香多的可至香炉三对。这也是还愿的。后面就是各种玩意儿了。

十番锣鼓音乐篷子。一个长方形的布篷，四面绣花篷檐，下缀走水流苏。四角支竹竿，有人撑着。里面是吹手，一律是笙箫细乐，边走边吹奏。锣鼓篷悉有五七篷，每隔一段玩意儿有一篷。

茶担子。金漆木桶。桶口翻出，上置一圈细瓷茶杯，桶内和杯内都装了香茶。

花担子。鲜花装饰的担子。

挑茶担子、花担子的扁担都极软，一步一颤。脚步要匀，三进一退，各依节拍，不得错步。茶担子、花担子虽无很难的技巧，但几十副担子同时进退，整整齐齐，亦颇婀娜有致。

舞龙。

舞狮子。

跳大头和尚戏柳翠①。

跑旱船。

跑小车。

最清雅好看的是"站高肩"。下面一个高大结实的男人，肩上站着一个孩子，也就是五六岁，都扮着戏，青蛇、白蛇、法海、许仙，关、张、赵、马、黄，李三娘、刘知远、咬脐郎、火公窦老……他们并无动作，只是在大人的肩上站着，但是衣饰鲜丽，孩子都长得清秀伶俐，惹人疼爱。"高肩"不是本城所有，是花了大钱从扬州请来的。

后面是高跷。

再后面是跳判的。判有两种，一种是"地判"，一文一武，手执朝笏，边走边跳。一种是"抬判"。两根

---

① 即唐宋杂戏里的《月明和尚戏柳翠》，演和尚的戴一个纸浆做成的很大的和尚脑袋，白色的脑袋，淡青的头皮，嘻嘻地笑着。我们那里已不知和尚法名月明，只是叫他"大头和尚"。

杉篙，上面绑着一个特制的圈椅，由四个人抬着。圈椅上蹲着一个判官。下面有人举着一个扎在一根细长且薄的竹片上的红绸做的蝙蝠，逗着判官。竹片极软，有弹性，忽上忽下，判官就追着蝙蝠，做出各种带舞蹈性的动作。他有时会跳到椅背上，甚至能在上面打飞脚。抬判不像地判只是在地面做一些滑稽的动作，这是要会一点"轻功"的。有一年看会，发现跳抬判的竟是我的小学的一个同班同学，不禁哑然。

迎会的玩意儿到此就结束了。这些玩意儿的班子，到了一些大店铺的门前，店铺就放鞭炮欢迎，他们就会停下来表演一会儿，或绕两个圈子。店铺常有犒赏。南货店送几大包蜜枣，茶食店送糕饼，药店送凉药洋参，绸缎店给各班挂红，钱庄则干脆扛出一钱板一钱板的铜元，俵散众人。

后面才真正是城隍老爷（叫城隍为"老爷"或"菩萨"都可以，随便的）自己的仪仗。

前面是开道锣。几十面大筛同时敲动。筛极大，得吊在一根杆子上，前面担在一个人的肩上，后面的人担着杆子的另一头，敲。大筛的节奏是非常单调的：哐（锣槌头一击）定定（槌柄两击筛面）哐定定哐，哐定定哐定定哐……如此反复，绝无变化。唯其单调，所以显得很庄严。

后面是虎头牌。长方形的木牌，白漆，上画虎头，黑漆扁宋体黑字，大书"肃静""回避""敕封灵应侯""保国佑民"。

后面是伞，——万民伞。伞有多柄，都是各行同业公会所献，彩缎绣花，缂丝平金，各有特色。我们县里最讲究的几柄伞却是纸伞。硖石所出。白宣纸上扎出芥子大的细孔，利用细孔的虚实，衬出虫鱼花鸟。这几柄宣纸伞后来被城隍庙的道士偷出来拆开一扇一扇地卖了，我父亲曾收得几扇。我曾看过纸伞的残片，真是精细绝伦。

最后是城隍老爷的"大驾"。八抬大轿，抬轿的都是全城最好的轿夫。他们踏着细步，稳稳地走着。轿顶四面鹅黄色的流苏均匀地起伏摆动着。城隍老爷一张油白大脸，疏眉细眼五绺长须，蟒袍玉带，手里捧着一柄很大的折扇，端端地坐在轿子里。这时，人们的脸上都严肃起来了，正如鲁迅先生所说：诚惶诚恐，不胜屏营待命之至。

城隍老爷要在行宫（也是一座庙里）待半天，到傍晚时才"回宫"。回宫时就只剩下少许人扛着仪仗执事，抬着轿子，飞跑着从街上走过，没有人看了。

且说高跷。

我见过几个地方的高跷，都不如我们那里的。我们那里的高跷，一是高，高至丈二。踩高跷的中途休息，都是坐在人家的房檐口。我们县的踩高跷的都是瓦匠，无一例外。瓦匠不怕高。二是能玩出许多花样。

高跷队前面有两个"开路"的，一个手执两个棒槌，不停地"郭郭，郭郭"地敲着。一个手执小铜锣，敲着"光光，光光"。他们的声音合在一起，就是"郭郭，光光；郭郭，光光"。我总觉得这"开路"的来源是颇久远的。老远地听见"郭郭，光光"，就知道高跷来了，人们就振奋起来。

高跷队打头的是渔、樵、耕、读。就中以渔公、渔婆最逗。他们要矮身蹲在高跷上横步跳来跳去做钓鱼撒网各种动作，重心很不好掌握。后面是几出戏文。戏文以《小上坟》最动人。小丑和旦角都要能踩"花梆子"碎步。这一出是带唱的。唱的腔调当中有一出"贾大老爷"。这贾大老爷不知是何许人，只是一个衙役在戏弄他，贾大老爷不时对着一个夜壶口喝酒。他的颟顸总是引得看的人大笑。殿底的是"火烧向大人"。三个角色：一个铁公鸡，一个张嘉祥，一个向大人。向大人名荣，是清末的大将，以镇压太平天国有功，后死于任。看会的人是不管他究竟是谁的，也不论其是非功过，只是看扮演向大人的"演员"的功夫。那是很难的。向大人要在高跷上蹬马，在高跷上坐轿，——两只手抄在前面，"存"着身子，两只脚（两只跷）一蹾一蹾地走，有点像戏台上"走矮子"。他还要能在高跷上做"探海""射雁"这些在平地上也不好做的高难动作（这可真是"高难"，又高又难）。到了挨火烧的时候，还要左右躲闪，簸脑袋，甩胡须，连连转圈。到了这时，两旁店铺里的看会人就会炸雷也似的大声叫起"好"来。

擅长表演向大人的，只有陈四，别人都不如。

到了会期，陈四除了在县城表演一回，还要到三垛去赶一场。县城到三垛，四十五里。陈四不卸装，就登在高跷上沿着澄子河堤赶了去。他这一步有丈把远，赶到那里，准不误事。三垛的会，不见陈四的影子，菩萨的大驾不起。

有一年，城里的会刚散，下了一阵雷暴雨，河堤上不好走，他一路赶去，差点没摔死。到了三垛，已经误了。

三垛的会首乔三太爷抽了陈四一个嘴巴，还罚他当众跪了一炷香。

陈四气得大病了一场。他发誓从此再也不踩高跷。

陈四还是当他的瓦匠。

到冬天，卖灯。

冬天没有什么瓦匠活，我们那里的瓦匠冬天大都以糊纸灯为副业，到了灯节前，摆摊售卖。陈四的灯摊就摆在保全堂廊檐下。他糊的灯很精致。荷花灯、绣球灯、兔子灯。他糊的蛤蟆灯，绿背白腹，背上用白粉点出花点，四只爪子是活的，提在手里，来回划动，极其灵巧。我每年要买他一盏蛤蟆灯，接连买了好几年。

## 陈 泥 鳅

邻近几个县的人都说我们县的人是黑屁股。气得我的一个姓孙的同学，有一次当着很多人褪下了裤子让人看："你们看！黑吗？"我们当然都不是黑屁股。黑屁股指的是一种救生船。这种船专在大风大浪的湖水中救人、救船，因为船尾涂成黑色，所以叫作黑屁股。说的是船，不是人。

陈泥鳅就是这种救生船上的一个水手。

他水性极好，不愧是条泥鳅。运河有一段叫清水潭。因为"民国"十年、"民国"二十年都曾在这里决口，把河底淘成了一个大潭。据说这里的水深，三篙子都打不到底。行船到这里，不能撑篙，只能荡桨。水流也很急，水面上拧着一个一个漩涡。从来没有人敢在这里游水。陈泥鳅有一次和人打赌，一气游了个来回。当中有一截，他半天不露脑袋，半天半天，岸上的人以为他沉了底，想不到一会儿，他笑嘻嘻地爬上岸来了！

他在通湖桥下住。非遇风浪险恶时，救生船一般是不出动的。他看看天色，知道湖里不会出什么事，就待在家里。

他也好义，也好利。湖里大船出事，下水救人，这时是不能计较报酬的。有一次一只装豆子的船在琵琶闸炸了，炸得粉碎。事后知道，是因为船底有一道小缝漏水，水把豆子浸湿了，豆子吃了水，突然间一齐膨胀起来，"砰"的一声把船撑炸了——那力量是非常之大的。船碎了，人掉在水里。这时跳下水救人，能要钱么？"民国"二十年，运河决口，陈泥鳅在激浪里救起了很多人。被救起的都已经是家破人亡，一无所有了，陈泥鳅连人家的姓名都没有问，更谈不上要什么酬谢了。在活人身上，他不能讨价；在死人身上，他却是不少要钱的。

人淹死了，尸首找不着。事主家里一不愿等尸首泡胀了漂上来，二不愿尸首被“四水捋子”[1]钩得稀烂八糟，这时就会来找陈泥鳅。陈泥鳅不但水性好，且在水中能开眼见物。他就在出事地点附近，察看水流风向，然后一个猛子扎下去，潜入水底，伸手触摸。几个猛子之后，他准能把一具死尸托上来。不过得事先讲明，捞上来给多少酒钱，他才下去。有时讨价还价，得磨半天。陈泥鳅不着急，人反正已经死了，让他在水底多待一会儿没事。

陈泥鳅一辈子没少挣钱，但是他不置产业，一个积蓄也没有。他花钱很散漫，有钱就喝酒尿了，赌钱输了。有的时候，也偷偷地周济一些孤寡老人，但嘱咐千万不要说出去。他也不娶老婆。有人劝他成个家，他说：“瓦罐不离井上破，大将难免阵头亡。淹死会水的。我见天跟水闹着玩，不定哪天龙王爷就把我请了去。留下孤儿寡妇，我死在阴间也不踏实。这样多好，吃饱了一家子不饥，无牵无挂！”

通湖桥桥洞里发现了一具女尸。怎么知道是女尸？

① “四水捋子”是一种在水中打捞东西的用具，四面有弯钩，状如一小铁锚，而钩尖极锐利。

她的长头发在洞口外飘动着。行人报了乡约，乡约报了保长，保长报到地方公益会。桥上桥下，围了一些人看。通湖桥是直通运河大闸的一道桥，运河的水由桥下流进澄子河。这座桥的桥洞很高，洞身也很长，但是很狭窄，只有人的肩膀那样宽。桥以西，桥以东，水面落差很大，水势很急，翻花卷浪，老远就听见訇訇的水声，像打雷一样。大家研究，这女尸一定是从大闸闸口冲下来的，不知怎么会卡在桥洞里了。不能就让她这么在桥洞里堵着。可是谁也想不出办法，谁也不敢下去。

去找陈泥鳅。

陈泥鳅来了，看了看。他知道桥洞里有一块石头，突出一个尖角（他小时候老在洞里钻来钻去，对洞里每一块石头都熟悉）。这女人大概是身上衣服在这个尖角上绊住了。这也是个巧劲儿，要不，这样猛的水流，早把她冲出来了。

"十块现大洋，我把她弄出来。"

"十块？"公益会的人吃了一惊，"你要得太多了！"

"是多了点。我有急用。这是玩命的事！我得从桥洞西口顺水窜进桥洞，一下子把她拨拉动了，就算成了。就这一下。一下子拨拉不动，我就会塞在桥洞里，再也出不来了！你们也都知道，桥洞只有肩膀宽，没法转身。水流这样急，退不出来。那我就只好陪着她了。"

大家都说："十块就十块吧！这是砂锅捣蒜，一锤子！"

陈泥鳅把浑身衣服脱得光光的，道了一声"对不起了！"纵身入水，顺着水流，笔直地窜进了桥洞。大家都捏着一把汗。只听见欻的一声，女尸冲出来了。接着陈泥鳅从东面洞口凌空窜进了水面。大家伙发了一声喊："好水性！"

陈泥鳅跳上岸来，穿了衣服，拿了十块钱，说了声"得罪得罪！"转身就走。

大家以为他又是进赌场、进酒店了。没有，他径直地走进陈五奶奶家里。

陈五奶奶守寡多年。她有个儿子，去年死了，儿媳妇改了嫁，留下一个孩子。陈五奶奶就守着小孙子过，日子很折皱①。这孩子得了急惊风，浑身滚烫，鼻翅扇动，四肢抽搐，陈五奶奶正急得两眼发直。陈泥鳅把十块钱交在她手里，说："赶紧先到万全堂，磨一点羚羊

① 这是我的家乡话，意思是很困难，很不顺利。

角，给孩子喝了，再抱到王淡人那里看看！"

　　说着抱了孩子，拉了陈五奶奶就走。

　　陈五奶奶也不知哪里来的劲，跟着他一同走得
飞快。


　　　　　　　　　　一九八三年八月一日急就

# 戴 车 匠

66 戴车匠"在我们不但是一个人，一间小店，还
　　　是一个地名。他住在东街与草巷相交地方。东
街与草巷相交处大家称为草巷口。但对我们说起来这实
在不够精确。虽然东街也还比不上别处的巷子大，但街
与巷相交总就有四个"口"，左边右边，这边那边。大
人们凡事都含糊，因为他们生活中只需这么含糊即可对
付过去。我们可不成。比如：巷口街这边有个老太婆摆
摊子，卖的是桃子、杏子、香瓜、柿饼、牙枣子、风
荸荠、杨花萝卜、泥娃娃、咽咽鸡；对面也有一个老
太婆，卖的是咽咽鸡、泥娃娃（有好多种）杨花萝卜，
（我在别处虽亦见过这种水红色，粗长如指，杨花飞时

挑出来卖,生嚼凉拌都脆爽细嫩无比的萝卜,可是没有吃过;我总觉不是我们故乡的那一种,仅仅略具形似而已,)风荸荠、牙枣子、桃子杏子、香瓜,还有柿饼子,完全一样!你说这怎么办?有时还好,可以随便;在她们生意都还不错,在有新货下市时候,她们彼此也都和颜悦色的时候,亲热得像对老姊妹的时候,那就无所谓,我们买谁的都觉得一样。这边那边,一样。有时,可就麻烦,又要处心积虑,又要临时见机,又要为自己利害打算,又要用自己几个钱和显明的倾向态度来打抱不平。而且我们之间意见常不一样。那就得辩论,甚至出恶言恶声,吵闹起来,要麻油拌芥菜,各有心中爱,各走各的路。完了,我们之间有一道鸿沟!要十分钟,或半点钟,或半天,甚至三两天,时间才填平了它,又志同道合,莫逆无间,不恨不轻视。这两个老太婆又有时这个显得比那个穷,有时那个显得比这个弱。有时这边得到伲儿一点支助,买了一堆骄傲的货色,盛气凌人,不可一世。有时那个的女儿给她做了件新毛蓝布褂子,她就觉得不屑与裤裆里都有补丁的人相较量。她们老是骂架,一骂一整天,老是那些话,骂骂,歇歇,又骂骂。做一笔买卖,数钱拣货;青菜汤送下一大碗干饭,这就有时间准备新的武器,聚了一堆她们自以为更泼辣淋漓的言语，投过去，抛回来，希望伤人要害。这对我们说起来，未免可厌，因为骂人都不好看。尤其她们相骂时，大都是坏天气，全世界都不舒服的时候。她们的生意都非常坏，摊子上尽是些陈旧干瘪的货品，又稀少可怜。她们的狠毒注在颓老之中，像下雨天城门口的泥泞。她们的肝火焚烧她们的太阳穴，她们的头发披下来，她们都无望无助，孤苦凄怆，哀哀欲绝。——为什么没有人劝劝她们呢？你想想看，手放在口袋里，搓摩着温热的铜钱，我们何以为情？我们立着看了半天，渐渐已忘记了想买的东西；不想吃什么，也不想玩什么，为一种十分深沉黏着的痛楚所孕育，所教化。——有时，她们会扭住衣角和一点小小发髻打起来。一面低嘶诅咒一面打。她们都打不动了，然而她们用坚硬的瘦骨相冲撞，撕，咬，抓头发，拉破别人的衣服。一场心长力绌，松懈干枯的争斗。她们会有一天有一个打死的。不是死在人手上，自己站脚不稳，踉踉跄跄一跤摔在石头角上碰破脑袋死去。……啊，不说这个吧。告诉你这些只是借此而告诉你虽是那么一街之隔可是距离多远。所以不能含糊。所以不能含糊地说是"草巷口"。草巷口一边是个旱烟店，另一边是戴车匠店。你看要是有个提小面人的来了，吹糖人的来了，要木偶戏的来了，背负韦驮，化缘的游方僧人来了，走江湖挂水碗的来了，各种各样惊心动魄的人物事情在那里出现，我们飞奔着去看，你要是说"草巷口"，那多急人。你一说"戴车匠家"，就多省事明白。大家就一直去，不需东张西望。"戴车匠""戴车匠"，这在我们不是三个字，是相连不可分，成为一体的符号。戴车匠是一点，集聚许多东西，是一个中心，一个底子。这是我们生活中的一格，一区，一个本土和一个异国，我们的岁月的一个见证。我们说"戴车匠家"，不说"戴车匠家门前"。一则那么说太啰唆，我们似把门外这一切活动，一切景物情感都收纳到他的那间小店里去，似乎是属于它，为它所有；为他，为戴车匠所有了；虽然戴车匠的铺子那么那么小，戴车匠是不沾蘸什么的那么一个人。戴车匠是一颗珠子，从水里拿出来，不留一滴。——正因为他是那么一个人吧。

（说这些毫无意思！既已说了，说了算数。）

我记得戴车匠的板壁上贴的一副小红春联，每年都是那么两句，极普通常见的两句：

室雅何须大

花香不在多

虽是极普通常见，甚至叫人觉得俗，俗得令人厌恶反感，可是贴在戴车匠家就有意义，合适，感人。虽然他那半间店面说不上雅不雅，而且除了过年插一枝山茶，端午菖蒲艾叶石榴花，八九月或者偶然一枝桂，一朵白荷以外，平常也极少插花。——插花的壶是总有一个的，老竹根，他自己车床上琢出来的，总供在一个极高的方几上。说是"供"，不是随便说，确是觉得那有一种恭敬，一种神圣，一种寄托和一种安慰，即使旁边没有那个小小的瓦香炉，后面不贴一小幅神像。我想我不是自以为然，确是如此。我想，你若是喜爱那个竹根壶，想花钱向他买来，戴车匠准是笑笑，"不卖的。"戴车匠一生没有遇过几个这样坚老奇怪的根节，一生也不会再为自己车旋一个竹壶。它供在那里已经多少年，拿去了你不是叫他那个家整个变了个样子？他没有想得太多，可是卖这个壶是他从来没有想到过的。他只有那么一句话，笑笑，"不卖的"。别的回答他不知道，他不考虑。你若是真的去要，他也高兴。因为有人喜爱他喜爱得成了习惯的东西，你就醮新了他的感情。他也感激你，但他只能说："我给你留意吧，要再遇到这样的竹子，会留意的。"他当真会留意的，他忘不了。有了，他就作好，放在高高的地方，等你去发现，来拿。——

你自然会发现，因为你天天经过，经过了总要看一看。他那个店面是真小。小，而充实。

小，而充实。堆着，架着，钉着，挂着，各种各样的东西。留出来的每一空间都是必需的。从这些空间里比从那些物件上更看出安排的细心，温情，思想，习惯，习惯的修改与新习惯的养成，你看出一个人怎么样过日子。

当门是一具横放的榉木车床，又大又重，坚硬得无从想象可以用到什么时候。它本身即代表了永远。那是永远也不会移动的，简直好像从地里长出来的，一个稳定而不表露的生命。这个车床没有问题比戴车匠岁数还要大，必是他父亲兼业师所传留下来的。超过需要的厚实是前代人制作法式。（我们看从前的许多东西老觉得一个可以改成两个三个用。）这个车床的形貌有些地方看起来不大讲究。有的因材就用，不拘小节，歪着扭着一点就听它歪着扭着一点，不削斫太多以求其平直，然而这无妨于它大体的俨然方正。用了这许多年了，许多不光致斧凿痕迹还摸得出来，可是接榫卡缝处吻投得真紧，真确切，仿佛天生的一个架子，不是一块块拼拢来的。多少年了，不摇，不晃，不走一点样！这个车床占了几乎二分之一的店堂，显然这是最重要的东西，其余一切全附属于它，且大半是从这个车床上作出来的。大车床里头是一个小车床。戴车匠作一点小巧东西则在小车床上。那就轻便得多，秀气得多，颜色也浅，常摩擦处呈牙黄色，光泽异常，木理依约可见，这是后来戴车匠自己手制的。再往里去，一伸手是那张供香炉竹壶高几。车床后面有仅容一人的走道。挨着靠墙而放的一条桌向里去，是内室了。想来是一床，一灯案，低梁小窗，紧凑而不过分杂乱。当有一小侧门，通出去是个狭长小天井。看见一点云，一点星光，下雨天雨水流在浅浅的阴沟里。天井中置水缸二口，一吃一用；煮饭烧茶风炉两只。墙阴凤仙花自开自落，砖缝里几丝草，在轻风中摇曳，贴地爬着几片马齿苋，有灰蓝色螟蛾飞息。凡此虽非目睹，但你见过许多这样格局的房子，原是极契熟的。其实即从外面情形，亦不难想象得知。——他吃饭用的碗筷放在哪里呢？条桌上首墙上，他挖开了一块，四边钉板，安小门两扇，这就成了个柜子。分成几槅，不但碗筷，他自己的茶叶罐子烟荷包，重要小工具，祖传手绘的图样，订货的底子，跟他儿子的纸笔，女人的梳头家私，全都有了妥停放处。屈半膝在骨牌凳上，可以方便取得。我小时颇希望能有个房间有那样一个柜子，觉得非常有趣。他的白蜡杆子，黄杨段子，桑木枣木梨木材料则搁在高几上一个特制架上，堆得不十分整齐，然而有一种秩序，超乎整齐以上的秩序。（车匠所需木料不多，）架子的支脚翘出如壶嘴，就正好挂一个蝈蝈笼子！

戴车匠年纪还不顶大，如果他有时也想想老，想得还很昧暖，不管惨切安和，总离着他还远，不迫切。他不是那种一步即跌入老境的人，他只是缓缓地、从容地与他的时光厮守。是的，他已经过了人生的峰顶。有那么一点的，战栗着，心沉着，急促地呼吸着，张张望望，彷徨不安，不自觉中就越过了那一点。这一点并不突出，闪耀，戴车匠也许纪念着，也许忽略了。这就是所谓中年。

吃过了早饭，看儿子夹了青布书包，（知道他的生书已经在油灯下读熟，为他欢喜，）拿了零用钱，跳下台阶，转身走了，戴车匠还在条桌边坐了一会儿。天气真好。街上扫过不久，还极干净。店铺开了门的不少，也还有没有开的。这就都要一家一家地全打开的。也许有一家从此就开不了那几块排门了，不过这样的事究竟不多。巷口卖烧饼油条的摊子热闹过一阵，又开始第二阵热闹了。烧饼槌子敲得极有精神，（槌子是从戴车匠家买去的，）油条锅里涌着金色泡沫。风吹着丁家棉线店的大布招卷来卷去。在公安局当书办的徐先生埋着头走来，匆忙地向准备好点头的戴车匠点一个头，过去了。一个党部工友提一桶浆子在对面墙上贴标语。戴车匠笑，因为有一张贴倒了。正看到知道一定有的那一张，他那把短嘴南瓜形老紫砂壶已经送了出来，茶泡好了，这他就要开始工作了。把茶壶带过去，放在大小车床之间的一个小几上，小几连在车床上。坐到与车床连在一起的高凳上，戴车匠也就与车床连在一起，是一体了。人走到他的工作之中去，是可感动的。先试试，踹两下踏板，看牛皮带活不活；迎亮看一看旋刀，装上去，敲两下；拿起一块材料，估量一下，眼睛细一细，这就起手。旋刀割削着木料，发出轻快柔驯的细细声音，狭狭长长，轻轻薄薄的木花吐出来。……

木花吐出来，车床的铁轴无声而精亮，滑滑润润转动，牛皮带往来牵动，戴车匠的两脚一上一下。木花吐出来，旋刀服从他的意志，受他多年经验的指导，旋成圆球，旋成瓶颈状，旋苗条的腰身，旋出一笔难以描画的弧线，一个悬胆，一个羊角弯，一个螺纹，一个杵脚，一个瓢状的，铲状的空槽，一个银锭元宝形，一个云头如意形。……狭狭长长轻轻薄薄木花吐出来，如兰叶，如书带草，如新韭，如番瓜瓢，戴车匠的背勾偻着，左眉低一点，右眉挑一点，嘴唇微微翕合，好像总在轻声吹着口哨。木花吐出来，挂一点在车床架子上，大部分从那个方洞里落下去，落在地板上，落在戴车匠的脚上。木花吐出来，宛转的，绵缠的，谐协的，安定的，不慌不忙的吐出来，随着旋刀悦耳的吟唱。……

戴车匠上下午各连续工作两个时辰。其中稍稍中断几次，走下来拿点材料，翻翻图样，比较比较两批所作货色是否划一，给车轴加点油。作好了一个货色，握在手里，四方八面端详端详，再修一两刀，看看已经合乎理想，中规应矩了，就放在车床前一块狭板上，一个一个排起来。虽然他不赶急，但也十分盼待着把这块板上排得满满的吧。他笑他儿子写字总望一口气写满一张纸，他自己也未始不愿人知道他是个快手。这样的年纪也还有好胜心的。似乎他每天派给自己多少工作，把那点工作作好，即为满意。能分外多作几件就很按捺不住得意了。这点得意只有告诉他女人听，甚至想得到两句夸奖，一点慰劳，哈！他自然可以有时间抽一袋烟，喝两口茶，伸个懒腰；高兴，不怕难为情，也尽管哼两句朱买臣桃花宫老戏，他允许自己看半天洋老鼠踩车推磨，——他的洋老鼠越来越多，它们的住家也特别干净，曲折；逗逗檐前黄雀，用各种亲密陶侃言语。黄雀就竭其所能地唱起来，蓬松了脖子上的毛，耸耸肩，剔剔足，恣酣而矜庄地啭弄了半天，然后用珊瑚小嘴去啄一口食，饮一点水。戴车匠，可又认为它跟叫天子学了坏样，唱不成腔，——初学养鸟人注意：凡百鸟雀不可与叫天子结邻并挂，叫天子是个嗓子冲而无修养训练的野狐禅唱歌家，油腔滑调，乱用表情！在合唱时尤其只听到它的荒怪地逞喉极叫。——一面戴车匠又俯到他的工作上去，有的时候，忽然，他停下来，那就是想到了一点什么事。或是记一记王老五请的一会儿什么时候该他自己首会了；或是儿子塾师过生，该备一点礼物送去，今年是整五十；或是刘长福托他斡旋一件什么事，那一头今天该给回话；或是澡堂里听来一个治风湿痛秘方，他麻二叔正用得着，可是六味药中有一味比较生疏，得去问问；或是，哦，老张呀，死了半年多，昨天夜里怎么梦见他了，还好好的，还是那样子，还说了几句话，话可一句也记不得了；老张儿子在湖西屠宰税上跑差，该没有什么吧？这就教他大概筹计筹计下午该往哪里走走，碰些什么人，做点什么事，怎么，说那些话。他的手就扶上了左额，眼睛眯瞇，不时眨一眨。甚至有时等不及吃饭时再说，就大声唤女人出来商量。有时，甚至立刻进去换了件衣服，拿了扇子就出去了，临走时关照下来，等不等他吃饭；有谁来让候一候还是明天再来；船上人来把挂在门柱上那一串东西交给他拿去，钱或现交或下次转来再带来都可以。……他走了，与他的店，他的车床小别。

平常日子，下午，戴车匠常常要出去跑跑，车匠店就空在那儿。但是看上去一点都不虚乏，不散漫，不寂寞，不无主。仍旧是小，而充实。若是时间稍久，一切，店堂，车床，黄雀，洋老鼠，蝈蝈，伸进来的一片阳光，阳光中浮尘飞舞，物件，空间；隔壁侯银匠的槌子声音与戴车匠车床声音是不解因缘，现在银匠槌子敲在砧子上像绳索少了一股；门外的行人，和屋后补着一件衣服的他的女人，都在等待，等待他回来，等待把缺了一点什么似的变为完满。——戴车匠店的店身特别高，为了他的工作，（第一木料就怕潮）又垫了极厚的地板，微仰着头看上去有一种特别感觉。也许因为高，有点像个小戏台，所以有那种感觉吧。——自然不完全是。

戴车匠所做东西我们好多叫不出名字，不知道干什么用的。比如二尺长的大滑车，戴车匠告诉我是湖里粮船上用的，因为没有亲身验证，所以都无真切印象。——也许后来，我稍长大，有机会在江湖漂泛，看见过的，但因为悬结得那么高，又在那么大的帆前面，那么大的船，那么大的水，汪洋浩瀚之中，这么一个滑车看上去也算不得什么了吧。人也大了，不复充满好奇，凡百事多失去惊愕兴趣了。——不过在大帆船上看那些复杂绳索在许多滑车之中溜动牵引，上上下下，想到它们在航行时所起作用，仍是极迷人的。我真希望向戴车匠询问各种滑车号数，好到船上混充内行！滑车真多，一串一串挂在梁上。也许戴车匠自己也没有看人怎么样用它吧？不过不要紧，有烧饼槌子，搓烧卖皮子小棒，擀面杖，之字形活动衣架，蝇拂上甘露子形状柄子，……他随处可以看见自己手里作出来的东西在人手里用。老太太们都有个捻线锤，早晚不离手的在巷口廊前搓，一面与人谈桑麻油米，儿女婚嫁。木碗木勺是小儿恩物，轻便，发脾气摔在地下不致挨打挨骂，敲着橐橐地响又可以想它是个什么他就是个什么，木鱼，更柝，取鱼梆子，还有你想也想不出的什么声音的代表。——不过自从我有一次听说从前大牢里的囚犯是以木碗吃饭的，则不免对这个东西有了一种悲惨印象。自然这与戴车匠没有什么关系，不该由他负责。看见有人卖放风筝绕线用的小车子，我们眼中盈盈的是羡慕的光。我们放的是酒坛，三尾，瓦片，不知什么时候才能使用这么豪奢的器械。啊，我们是忘不了戴车匠的。秋天，他给我们做陀螺，做空钟。夏天，做水枪。春天，竹蜻蜓。过年糊兔儿灯，我们去买轳辘，戴车匠看着一个一个兔儿灯从街上牵过去，在结了一点冰的街上，在此起彼歇锣鼓声中，爆竹硝黄气味，影影沉沉纸灯柔光中。但我最喜欢的还是爬上高台阶向他买"螺蛳弓"。别处不知有无这样的风俗，清明，抹柳球，种荷秧，还吃螺蛳。家家悉煮五香螺蛳一锅，街上也有卖的。一人一碗，坐在门槛上一个一个掏出去吃。吃倒没有什么，（自然也极鲜美）主要还是把螺蛳壳用螺蛳弓一个一个打出去。——这说起不易清楚，明年春天我给你做一个吧。戴车匠作螺蛳弓卖。我们看着他做，自己挑竹子，选麻线，教他一步一步做好，戴车匠自己在小儿上蓝花大碗中拈一个螺蛳吃了，螺壳套在"箭"上，很用力的样子（其实毫不用力）拉开，射出去，半天，听到落在瓦沟里，（瓦匠扫屋，每年都要扫下好些螺壳来，）然后交给我们。——他自己儿子那一把弓特别大，有劲，射得远。戴车匠看着他儿子跟别人比射，细了眼睛，半响，又没有什么意义地摇摇头。

为什么要摇摇头呢？也许他想到儿子一天天大起来了吗？也许。我离开故乡日久，戴车匠如果还在，也颇老了。我不知因何而觉得他儿子不会再继续父亲这一行业。车匠的手艺从此也许竟成了绝学，因为世界上好像已经无须那许多东西，有别种东西替代了。我相信你们之中有很多人根本就无从知道车匠店到底是怎么回事，你们没有见过。或者戴车匠是最后的车匠了。那么他的儿子干什么呢？也许可以到铁工厂里当一名练习生吧。他是不是像他父亲呢，就不知道了。——很抱歉，我跟你说了这么些平淡而不免沉闷的琐屑事情，又无起伏波澜，又无镕裁结构，逶逶迤迤，没一个完。真是对不起得很。真没有法子，我们那里就是这样的，一个平淡沉闷，无结构起伏的城，沉默的城；城里充满像戴车匠这样的人；如果那也算是活动，也不过就是这样的活动。——唔，不尽然，当然，下回我们可以说一点别的。我想想看。

卅六年七月廿四日

# 故里杂记

## 李 三

李三是地保，又是更夫。他住在土地祠。土地祠每坊都有一个。"坊"后来改称为保了。只有死了人，和尚放焰口，写疏文，写明死者籍贯，还沿用旧称："南赡部洲中华民国某省某县某坊信士某某……"云云。疏文是写给阴间的公事。大概阴间还没有改过来。土地是阴间的保长。其职权范围与阳间的保长相等，不能越界理事，故称"当坊土地"。李三所管的，也只是这一坊之事。出了本坊，哪怕只差一步，不论出了什么事，死人失火，他都不问。一个坊或一个保的疆界，保长清楚，李三也清楚。

土地祠是俗称，正名是"福德神祠"。这四个字刻在庙门的砖额上，蓝地金字。这是个很小的庙。外面原有两根旗杆。西边的一根有一年教雷劈了（这雷也真怪，把旗杆劈得粉碎，劈成了一片一片一尺来长的细木条），只剩东边的一根了。进门有一个门道，两边各有一间耳房。东边的，住着李三。西边的一间，租给了一个卖糜饭饼子的。——糜饭饼子是米粥捣成糜，发酵后在一个平锅上烙成的，一面焦黄，一面是白的，有一点酸酸的甜味。再往里，过一个两步就跨过的天井，便是神殿。迎面塑着土地老爷的神像。神像不大，比一个常人还小一些。这土地老爷是单身，——不像乡下的土地庙里给他配一个土地奶奶。是一个笑眯眯的老头，一嘴的白胡子。头戴员外巾，身穿蓝色道袍。神像前是一个很窄的神案。神案上有一具铁制蜡烛架，横列一排烛钎，能插二十来根蜡烛。一个瓦香炉。神案前是一个收香钱的木柜。木柜前留着几尺可供磕头的砖地。如此而已。

　　李三同时又是庙祝。庙祝也没有多少事。初一、十五，把土地祠里外打扫一下，准备有人来进香。过年的时候，把两个"灯对子"找出来，挂在庙门两边。灯对子是长方形的纸灯，里面是木条钉成的框子，外糊白纸，上书大字，一边是"风调雨顺"，一边是"国泰民安"。灯对子里有横隔，可以点蜡烛。从正月初一，一直点到灯节。这半个多月，土地祠门前明晃晃的，很有点节日气氛。这半个月，进香的也多。每逢香期，到了晚上，李三就把收香钱的柜子打开，把香钱倒出来，一五一十地数一数。

偶尔有人来赌咒。两家为一件事分辨不清，——常见的是东家丢了东西，怀疑是西家偷了，两家对骂了一阵，就各备一份香烛到土地祠来赌咒。两个人同时磕了头，一个说："土地老爷在上，若是某某偷了我的东西，就叫他现世现报！"另一个说："土地老爷在上，我若做了此事，就叫我家死人失天火！他诬赖我，也一样！"咒已赌完，各自回家。李三就把只点了小半截的蜡烛吹灭，拔下，收好，备用。

李三最高兴的事，是有人来还愿。坊里有人家出了事，例如老人病重，或是孩子出了天花，就到土地祠来许愿。老人病好了，孩子天花出过了，就来还愿。仪式很隆重：给菩萨"挂匾"——送一块横宽二三尺的红布匾，上写四字："有求必应"。满炉的香，红蜡烛把铁架都插满了（这种蜡烛很小，只二寸长，叫作"小牙"）。最重要的是：供一个猪头。因此，谁家许了愿，李三就很关心，随时打听。这是很容易打听到的。老人病好，会出来扶杖而行。孩子出了天花，在衣领的后面就会缝一条二指宽三寸长的红布，上写"天花已过"。于是李三就满怀希望地等着。这猪头到了晚上，就进了李三的砂罐了。一个七斤半重的猪头，够李三消受好几天。这几天，李三的脸上随时都是红彤彤的。

地保所管的事，主要的就是死人失火。一般人家死了人，他是不管的，他管的是无后的孤寡和"路倒"。一个孤寡老人死在床上，或是哪里发现一具无名男尸，在本坊地界，李三就有事了：拿了一个捐簿，到几家殷实店铺去化钱。然后买一口薄皮棺材装殓起来；省事一点，就用芦席一卷，草绳一捆（这有个名堂，叫作"万字纹的棺材，三道紫金箍"），用一把锄头背着，送到乱葬岗去埋掉。因此本地流传一句骂人的话："叫李三把你背出去吧！"李三很愿意本坊常发生这样的事，因为募化得来的钱怎样花销，是谁也不来查账的。李三拿埋葬费用的余数来喝酒，实在也在情在理，没有什么说不过去。这种事，谁愿承揽，就请来试试！哼，你以为这几杯酒喝到肚里容易呀！不过，为了心安理得，无愧于神鬼，他在埋了死人后，照例还为他烧一陌纸钱，磕三个头。

李三瘦小干枯，精神不足，拖拖沓沓，迷迷瞪瞪，随时总像没有睡醒，——他夜晚打更，白天办事，睡觉也是断断续续的，看见他时他也真是刚从床上爬起来一会儿，想不到有时他竟能跑得那样快！那是本坊有了火警的时候。这地方把失火叫成"走水"，大概是讳言火字，所以反说着了。一有人家走水，李三就拿起他的更锣，用一个锣棒使劲地敲着，没命地飞跑，嘴里还大声地嚷叫："××巷×家走水啦！××巷×家走水啦！"一坊失火，各坊的水龙都要来救，所以李三这回就跑出坊界，绕遍全城。

李三希望人家失火吗？哎，话怎么能这样说呢！换一个说法：他希望火不成灾，及时救灭。火灭之后，如果这一家损失不大，他就跑去道喜："恭喜恭喜，越烧越旺！"如果这家烧得片瓦无存，他就去向幸免殃及的四邻去道喜："恭喜恭喜，土地菩萨保佑！"他还会说：火势没有蔓延，也多亏水龙来得快。言下之意也很清楚：水龙来得快，是因为他没命地飞跑。听话的人并不傻。他飞跑着敲锣报警，不会白跑，总是能拿到相当可观的酒钱的。

地保的另一项职务是管叫花子。这里的花子有两种，一种是专赶各庙的香期的。初一、十五，各庙都有人进香。逢到菩萨生日（这些菩萨都有一个生日，不知是怎么查考出来的），香火尤盛。这些花子就从庙门、甬道，一直到大殿，密密地跪了两排。有的装瞎，有的用蜡烛油画成烂腿（画得很像），"老爷太太"不住地喊叫。进香的信女们就很自觉地把铜钱丢在他们面前破瓢里，她们认为把钱给花子，是进香仪式的一部分，不如此便显得不虔诚。因此，这些花子要到的钱是不少的。这些虔诚的香客大概不知道花子的黑话。花子彼此相遇，不是问要了多少钱，而说是"唤了多少狗！"这种花子是有帮的，他们都住在船上。每年还做花子会，很多花子船都集中在一起，也很热闹。这一种在帮的花子李三惹不起，他们也不碍李三的事，井水不犯河水。李三能管的是串街的花子。串街要钱的，他也只管那种只会伸着手赖着不走的软弱疲赖角色。李三提了一根竹棍，看见了，就举起竹棍大喝一声："去去去！"有三等串街的他不管。一等是唱道情的。这是斯文一脉，穿着破旧长衫，念过两句书，又和吕洞宾、郑板桥有些瓜葛。店铺里等他唱了几句"老渔翁，一钓竿"，就会往柜台上丢一个铜板。他们是很清高的，取钱都不用手，只是用两片简板一夹，咚的一声丢在渔鼓筒里。另外两等，一是耍青龙（即耍蛇）的，一是吹筒子的。耍青龙的弄两条菜花蛇盘在脖子里，蛇信子簌簌地直探。吹筒子的吹一个外面包了火赤练蛇皮的竹筒，"布——呜！"声音很难听，样子也难看。他们之一要是往店堂一站，半天不走，这家店铺就甭打算做生意了：女人、孩子都吓得远远地绕开走了。照规矩（不知是谁定的规矩），这两等，李三是有权赶他们走的。然而他偏不赶，只是在一个背人处把他们拦住，向他们索要例规。讨价还价，照例要争执半天。双方会谈的地方，最多的是官茅房——公共厕所。

地保当然还要管缉盗。谁家失窃，首先得叫李三来。李三先看看小偷进出的路径。是撬门，是挖洞，还是爬墙。按律（哪朝的律呢）：如果案发，撬门罪最重，只下明火执仗一等。挖洞次之。爬墙又次之。然后，叫本家写一份失单。事情就完了。如果是爬墙进去偷的，他还不会忘了把小偷爬墙用的一根船篙带走。——小偷爬墙没有带梯子的，只是从河边船上抽一根竹篙，上面绑十来个稻草疙瘩，戗在墙边，踩着草疙瘩就进去了。偷完了，照例把这根竹篙靠在墙外。这根船篙不一会儿就会有失主到土地祠来赎。——"交二百钱，拿走！"

丢失衣物的人家，如果对李三说，有几件重要的东西，本家愿出钱赎回，过些日子，李三真能把这些赃物追回来。但是是怎样追回来的，是什么人偷的，这些事是不作兴问的。这也是规矩。

李三打更。左手拿着竹梆，吊着锣，右手锣槌。

笃，铛。定更。

笃，笃；铛——铛。二更。

笃，笃，笃；铛铛——铛。三更。

三更以后，就不打了。

打更是为了防盗。但是人家失窃，多在四更左右，这时天最黑，人也睡得最死。李三打更，时常也装腔作势吓唬人："看见了，看见了！往哪里躲！树后头！墙旮旯儿！……"其实他什么也没看见。

一进腊月，李三在打更时添了一个新项目，喊："小心火烛"[①]：

---

① 清末邑人谈人格有《警火》诗即咏此事，诗有小序，并录如下：

警 火

送灶后里胥沿街鸣锣于黄昏时，呼"小心火烛"。岁除即叩户乞赏。

烛双辉，香一炷，敬惟司命朝天去。云车风马未归来，连宵灯火谁持护。铜钲入耳警黄昏，侧耳有语还重申："缸注水，灶徙薪"，沿街一一呼之频。唇干舌燥诚苦辛，不谋而告君何人？烹羊酹醴欢除夕，司命归来醉一得。今宵

"岁尾年关，——小心火烛！"

"火塘扑熄，——水缸上满！"

"老头子老太太，铜炉子撂远些！"

"屋上瓦响，莫疑猫狗，起来望望！"

"岁尾年关，小心火烛……"

店铺上了板，人家关了门，外面很黑，西北风呜呜地叫着，李三一个人，腰里别着一个白纸灯笼，大街小巷，拉长了声音，有板有眼，有腔有调地喊着，听起来有点凄惨。人们想：一年又要过去了。又想：李三也不容易，怪难为他。

没有死人，没有失火，没人还愿，没人家挨偷，李三这几天的日子委实过得有些清淡。他拿着锣、梆，很无聊地敲着三更：

"笃，笃，笃；铛，铛——铛！"

---

无用更鸣钲，一笑敲门索酒值。

从谈的诗中我们知道两件事。一是这种习俗原来由来已久，敲锣喊叫的正是李三这样的"里胥"。二是为什么在那样日子喊叫。原来是因为那时灶王爷上天去了，火烛没人管了。这实在是很有意思。不过，真实的原因还是岁暮风高，容易失火，与灶王的上天去汇报工作关系不大。

一边敲，一边走，走到了河边。一只船上有一枝很结实的船篙在船帮外面别着，他一伸手，抽了出来，夹在胳肢窝里回身便走。他还不紧不慢地敲着：

"笃，笃，笃；铛，铛——铛！"

不想船篙带不动了，篙子的后梢被一只很有劲的大手攥住了。

李三原想把船篙带到土地祠，明天等这个弄船的拿钱来赎。能弄二百钱，也能喝四两。不想这船家刚刚起来撒过尿，躺下还没有睡着。他听到有人抽篙子，爬出舱口一看，是李三！

"好，李三！你偷篙子！"

"莫喊！莫喊！"

李三不是很要脸面的人，但是一个地保偷东西，而且叫人当场捉住，总不大好看。

"你认打认罚？"

"认罚！认罚！罚多少？"

"罚二百钱！"

李三老是罚乡下人的钱。谁在街上挑粪，溅出了一点，"罚！二百钱！"谁在不该撒尿的地方撒了尿，"罚！二百钱！"没有想到这回被别人罚了。李三挨罚，这是有史以来第一次。

# 榆　树

　　侉奶奶住到这里一定已经好多年了，她种的八棵榆树已经很大了。

　　这地方把徐州以北说话带山东口音的人都叫作侉子。这县里有不少侉子。他们大都住在运河堤下，拉绖，推独轮车运货（运得最多的是河工所用石头），碾石头粉（石头碾细，供修大船的和麻丝桐油和在一起填塞船缝），烙锅盔（这种干厚棒硬的面饼也主要是卖给侉子吃），卖牛杂碎汤（本地人也有专门跑到运河堤上去尝尝这种异味的）……

　　侉奶奶想必本是一个侉子的家属，她应当有过一个丈夫，一个侉老爹。她的丈夫哪里去了呢？死了？还是"贩了桃子"——扔下她跑了？不知道。她丈夫姓什么？她姓什么？很少人知道。大家都叫她侉奶奶。大人、小孩，穷苦人、有钱的，都这样叫。倒好像她就姓侉似的。

　　侉奶奶怎么会住到这样一个地方来呢？（这附近住的都是本地人，没有另外一家侉子）她是哪年搬来的呢？你问附近的住户，他们都回答不出，只是说："啊，她一直就在这里住。"好像自从盘古开天地，这里就有一个侉奶奶。

侉奶奶住在一个巷子的外面。这巷口有一座门，大概就是所谓里门。出里门，有一条砖铺的街，伸向越塘，转过螺蛳坝，奔臭河边，是所谓后街。后街边有人家。侉奶奶却又住在后街以外。巷口外，后街边，有一条很宽的阴沟，正街的阴沟水都流到这里，水色深黑，发出各种气味，蓝靛的气味、豆腐水的气味、做草纸的纸浆气味。不知道为什么，闻到这些气味，叫人感到忧郁。经常有乡下人，用一个接了长柄的洋铁罐，把阴沟水一罐一罐刮起来，倒在木桶里（这是很好的肥料），刮得沟底嘎啦嘎啦地响。跳过这条大阴沟，有一片空地。侉奶奶就住在这片空地里。

侉奶奶的家是两间草房。独门独户，四边不靠人家，孤零零的。她家的后面，是一带围墙。围墙里面，是一家香店的作坊，香店老板姓杨。香是像压饸饹似的挤出来的。挤的时候还会发出"蓬——"的一声。侉奶奶没有去看过师傅做香，不明白这声音是怎样弄出来的。但是她从早到晚就一直听着这种很深沉的声音。隔几分钟一声，"蓬——蓬——蓬——"。围墙有个门，从门口往里看，便可看到一扇一扇像铁纱窗似的晒香的棕绷子，上面整整齐齐平铺着两排黄色的线香。侉奶奶门前，一眼望去，有一个海潮庵。原来不知是住和尚还是住尼姑的，多年来没有人住，废了。再往前，便是从越塘流下来的一条河。河上有一座小桥。侉奶奶家的左右都是空地。左边长了很高的草。右边是侉奶奶种的八棵榆树。

侉奶奶靠给人家纳鞋底过日子。附近几条巷子的人家都来找她，拿了旧布（间或也有新布）、袼褙（本地叫作"骨子"）和一张纸剪的鞋底样。侉奶奶就按底样把旧布、袼褙剪好，"做"一"做"（粗缝几针），然后就坐在门口小板凳上纳。扎一锥子，纳一针，"哧啦——哧啦"。有时把锥子插在头发里"光"一"光"（读去声）。侉奶奶手劲很大，纳的针脚很紧，她纳的底子很结实，大家都愿找她纳。也不讲个价钱。给多，给少，她从不争。多少人穿过她纳的鞋底啊！

侉奶奶一清早就坐在门口纳鞋底。她不点灯。灯碗是有一个的，房顶上也挂着一束灯草。但是灯碗是干的，那束灯草都发黄了。她睡得早，天上一见星星，她就睡了。起得也早。别人家的烟筒才冒出烧早饭的炊烟，侉奶奶已经纳好半只鞋底。除了下雨下雪，她很少在屋里（她那屋里很黑），整天都坐在门外扎锥子，抽麻线。有时眼酸了，手困了，就停下来四面看看。

正街上有一家豆腐店，有一头牵磨的驴。每天上下午，豆腐店的一个孩子总牵驴到侉奶奶的榆树下打滚。驴乏了，一滚，再滚，总是翻不过去。滚了四五回，哎，翻过去了。驴打着响鼻，浑身都轻松了。侉奶奶原来直替这驴在心里攒劲；驴翻过了，侉奶奶也替它觉得轻松。

街上的，巷子里的孩子常上侉奶奶门前的空地上来玩。他们在草窝里捉蚂蚱，捉油葫芦。捉到了，就拿给侉奶奶看。"侉奶奶，你看！大不大？"侉奶奶必很认真地看一看，说："大。真大！"孩子玩一回，又转到别处去玩了，或沿河走下去，或过桥到对岸远远的一个道士观去看放生的乌龟。孩子的妈妈有时来找孩子（或家里来了亲戚，或做得了一件新衣要他回家试试），就问侉奶奶："看见我家毛毛了吗？"侉奶奶就说："看见咧，往东咧。"或"看见咧，过河咧。"……

侉奶奶吃得真是苦。她一年到头喝粥。三顿都是粥。平常是她到米店买了最糙最糙的米来煮。逢到粥厂放粥（这粥厂是官办的，门口还挂一块牌：××县粥厂），她就提了一个"檐子"（小水桶）去打粥。这一天，她就自己不开火仓了，喝这粥。粥厂里打来的粥比侉奶奶自己煮的要白得多。侉奶奶也吃菜。她的"菜"是她自己腌的红胡萝卜。啊呀，那叫咸，比盐还咸，咸得发苦！——不信你去尝一口看！

只有她的侄儿来的那一天，才变一变花样。

侉奶奶有一个亲人，是她的侄儿。过继给她了，也可说是她的儿子。名字只有一个字，叫个"牛"。牛在运河堤上卖力气，也拉纤，也推车，也碾石头。他隔个十天半月来看看他的过继的娘。他的家口多，不能给娘带什么，只带了三斤重的一块锅盔。娘看见牛来了，就上街，到卖熏烧的王二的摊子上切二百钱猪头肉，用半张荷叶托着。另外，还忘不了买几根大葱，半碗酱。娘俩就结结实实地吃了一顿山东饱饭。

侉奶奶的八棵榆树一年一年地长大了。香店的杨老板几次托甲长丁裁缝来探过侉奶奶的口风，问她卖不卖。榆皮，是做香的原料。——这种事由买主亲自出面，总不合适。老街旧邻的，总得有个居间的人出来说话。这样要价、还价，才有余地。丁裁缝来一趟，侉奶奶总是说："树还小咧，叫它再长长。"

人们私下议论：侉奶奶不卖榆树，她是指着它当棺材本哪。

榆树一年一年地长。侉奶奶一年一年地活着，一年一年地纳鞋底。

侉奶奶的生活实在是平淡之至。除了看驴打滚，看孩子捉蚂蚱、捉油葫芦，还有些什么值得一提的事呢？——这些捉蚂蚱的孩子一年比一年大。侉奶奶纳他们穿的鞋底，尺码一年比一年放出来了。

值得一提的有：

有一年，杨家香店的作坊接连着了三次火，查不出起火原因。人说这是"狐火"，是狐狸用尾巴蹭出来的。于是在香店作坊的墙外盖了一个三尺高的"狐仙庙"，常常有人来烧香。着火的时候，满天通红，乌鸦乱飞乱叫，火光照着侉奶奶的八棵榆树也是通红的，像是火树一样。

有一天，不知怎么发现了海潮庵里藏着一窝土匪。地方保安队来提他们。里面往外打枪，外面往里打枪，乒乒乓乓。最后是有人献计用火攻，——在庵外墙根堆了稻草，放火烧！土匪吃不住劲，只好把枪丢出，举着手出来就擒了。海潮庵就在侉奶奶家前面不远，两边开仗的情形，她看得清清楚楚。她很奇怪，离得这么近，她怎么就不知道庵里藏着土匪呢？

这些，使侉奶奶留下深刻印象，然而与她的生活无关。

使她的生活发生一点变化的是——

有一个乡下人赶了一头水牛进城，牛老了，他要把它卖给屠宰场去。这牛走到越塘边，说什么也不肯走了，跪着，眼睛里吧嗒吧嗒直往下掉泪。围了好些人看。有人报给甲长丁裁缝。这是发生在本甲之内的事，丁甲长要是不管，将为人神不喜。他出面求告了几家吃斋念佛的老太太，凑了牛价，把这头老牛买了下来，作为老太太们的放生牛。这牛谁来养呢？大家都觉得交侉奶奶养合适。丁甲长对侉奶奶说，这是一甲人信得过她，侉奶奶就答应下了。这养老牛还有一笔基金（牛总要吃点干草呀），就交给侉奶奶放印子。从此侉奶奶就多了几件事：早起把牛放出来，尽它到草地上去吃青草。青草没有了，就喂它吃干草。一早一晚，牵到河边去饮。傍晚拿了收印子钱的折子，沿街串乡去收印子。晚上，牛就和她睡在一个屋里。牛卧着，安安静静地倒嚼，侉奶奶可觉得比往常累得多。她觉得骨头疼，半夜了，还没有睡着。

不到半年，这头牛老死了。侉奶奶把放印子的折子交还丁甲长，还是整天坐在门外纳鞋底。

牛一死。侉奶奶也像老了好多。她时常病病歪歪的，连粥都不想吃，在她的黑洞洞的草屋里躺着。有时出来坐坐，扶着门框往外走。

一天夜里下大雨。瓢泼大雨不停地下了一夜。很多人家都进了水。丁裁缝怕侉奶奶家也进了水了，她屋外的榆树都浸在水里了。他赤着脚走过去，推开侉奶奶的门一看：侉奶奶死了。

丁裁缝派人把她的侄子牛叫了来。

得给侉奶奶办后事呀。侉奶奶没有留下什么钱，牛也拿不出钱，只有卖榆树。

丁甲长找到杨老板。杨老板倒很仁义，说是先不忙谈榆树的事，这都好说，由他先垫出一笔钱来，给侉奶奶买一身老衣，一副杉木棺材，把侉奶奶埋了。

侉奶奶安葬以后，榆树生意也就谈妥了。杨老板雇了人来，咯嗤咯嗤，把八棵榆树都放倒了。新锯倒的榆树，发出很浓的香味。

杨老板把八棵榆树的树皮剥了，把树干卖给了木器店。据人了解，他卖的八棵树干的钱就比他垫出和付给牛的钱还要多。他等于白得了八张榆树皮，又捞了一笔钱。

# 鱼

臭水河和越塘原是连着的。不知从哪年起，螺蛳坝以下淤塞了，就隔断了。风和人一年一年把干土烂草往河槽里填，河槽变成很浅了。不过旧日的河槽依然可以看得出来。两旁的柳树还能标出原来河的宽度。这还是一条河，一条没有水的干河。

干河的北岸种了菜。南岸有几户人家。这几家都是做嫁妆的，主要是做嫁妆之中的各种盆桶，脚盆、马桶、檯子。这些盆桶是街上嫁妆店的订货，他们并不卖门市。这几家只是本钱不大，材料不多的作坊。这几家的大人、孩子，都是做盆桶的工人。他们整天在门外柳树下锯、刨。他们使用的刨子很特别。木匠使刨子是往前推，桶匠使刨子是往后拉。因为盆桶是圆的，这么使才方便。这种刨子叫作刮刨。盆桶成型后，要用砂纸打一遍，然后上漆。上漆之前，先要用猪血打一道底子。刷了猪血，得晾干。因此老远地就看见干河南岸，绿柳荫中排列着好些通红的盆盆桶桶，看起来很热闹，画出了这几家作坊的一种忙碌的兴旺气象。

桶匠有本钱，有手艺，在越塘一带，比起那些完全靠力气吃饭的挑夫、轿夫要富足一些。和杀猪的庞家就不能相比了。

从侉奶奶家旁边向南伸出的后街到往螺蛳坝方向，拐了一个直角。庞家就在这拐角处，门朝南，正对越塘。他家的地势很高，从街面到屋基，要上七八层台阶。房屋在这一片算是最高大的。房屋盖起的时间不久，砖瓦木料都还很新。檩粗板厚，瓦密砖齐。两边各有两间卧房，正中是一个很宽敞的穿堂。坐在穿堂里，可以清清楚楚看到越塘边和淤塞的旧河交接处的一条从南到北的土路，看到越塘的水，和越塘对岸的一切，眼界很开阔。这前面的新房子是住人的。养猪的猪圈，烧水、杀猪的场屋都在后面。

庞家兄弟三个，各有分工。老大经营擘画，总管一切。老二专管各处收买生猪。他们家不买现成的肥猪，都是买半大猪回来自养。老二带一个伙计，一趟能赶二三十头猪回来。因为杀的猪多，他经常要外出。杀猪是老三的事；——当然要有两个下手伙计。每天五更头，东方才现一点鱼肚白，这一带人家就听到猪尖声嚎叫，知道庞家杀猪了。猪杀得了，放了血，在杀猪盆里用开水烫透，吹气，刮毛。杀猪盆是一种特制的长圆形的木盆，盆帮很高。二百来斤的猪躺在里面，富富有余。杀几头猪，没有一定，按时令不同。少则两头，多则三头四头，到年下人家腌肉时就杀得更多了。因此庞家有四个极大的木盆，几个伙计同时动手洗刮。

这地方不兴叫屠户，也不叫杀猪的，大概嫌这种叫法不好听，大都叫"开肉案子的"。"开"肉案子，就是掌柜老板一流，显得身份高了。庞家肉案子生意很好，因为一条东大街上只有这一家肉案子。早起人进人出，剁刀响，铜钱响，票子响。不到晌午，几片猪就卖得差不多了。这里人一天吃的肉都是上午一次买齐，很少下午来割肉的。庞家肉案到午饭后，只留一两块后臀硬肋等待某些家临时来了客人的主顾，留一个人照顾着。一天的生意已经做完，店堂闲下来了。

店堂闲下来了。别的肉案子，闲着就闲着吧。庞家的人可真会想法子。他们在肉案子的对面，设了一道拦柜，卖茶叶。茶叶和猪肉是两码事，怎么能卖到一起去呢？——可是，又为什么一定不能卖到一起去呢？东大街没有一家茶叶店，要买茶叶就得走一趟北市口。有了这样一个卖茶叶的地方，省走好多路。卖茶叶，有一个人盯着就行了。有时叫一个小伙计来支应。有时老大或老三来看一会儿。有时，庞家的三妯娌之一，也来店堂里坐着，包包茶叶，收收钱。这半间店堂的茶叶店生意很好。

庞家三弟兄一个是一个。老大稳重，老二干练，老三是个文武全才。他们长得比别人高出一头。老三尤其肥白高大。他下午没事，常在越塘高空场上练石担子、石锁。他还会写字，写刘石庵体的行书。这里店铺都兴装着花橘子。橘子留出一方空白，可以贴字画。别家都是请人写画的。庞家肉案子是庞老三自己写的字。他大概很崇拜赵子龙。别人家橱心里写的是"春眠不觉晓，处处闻啼鸟""夫天地者万物之逆旅，光阴者百代之过客"之类，他写的都是《三国演义》里赞赵子龙的诗。

庞家这三个妯娌：一个比一个漂亮，一个比一个能干。她们都非常勤快。天不亮就起来，烧水，煮猪食，喂猪。白天就坐在穿堂里做针线。都是光梳头，净洗脸，穿得整整齐齐，头上戴着金簪子，手上戴着麻花银镯。人们走到庞家门前，就觉得跟前一亮。

到粥厂放粥，她们就一人拎一个橦子去打粥。

这不免会引起人们议论："戴着金簪子去打粥！——侉奶奶打粥，你庞家也打粥？"大家都知道，她们打了粥来是不吃的，——喂猪！因此，越塘、螺蛳坝一带人对庞家虽很羡慕并不亲近。都觉得庞家的人太精了。庞家的人缘不算好。别人也知道，庞家人从心里看不起别人，尤其是这三个女的。

越塘边发生了从未见过的奇事。

这一年雨水特别大，臭水河的水平了岸，水都漫到后街街面上来了。地方上的居民铺户共同商议，决定挖开螺蛳坝，在淤塞的旧河槽挖一道沟，把臭水河的水引到越塘河里去。这道沟只两尺宽。臭水河的水位比越塘高得多。水在沟里流得像一支箭。

流着，流着，一个在岸边做桶的孩子忽然惊叫起来："鱼！"

一条长有尺半的大鲤鱼叭的一声蹦到岸上来了。接着，一条，一条，又一条，鲤鱼！鲤鱼！鲤鱼！

不知从哪里来的那么多的鲤鱼。它们戗着急水往上蹿，不断地蹦到岸上。桶店家的男人、女人、大人、小孩，都奔到沟边来捉鱼。有人搬了脚盆放在沟边，等鲤鱼往里跳。大家约定，每家的盆，放在自己家门口，鱼跳进谁家的盆算谁的。

他们正在商议，庞家的几个人搬了四个大杀猪盆，在水沟流入越塘入口处挨排放好了。人们小声嘟囔："真是手尖眼快啊！"但也没有办法。不是说谁家的盆放在谁家门口吗？庞家的盆是放在庞家的门口（当然他家门口到河槽还有一个距离），庞家杀猪盆又大，放的地方又好，鱼直往里跳。人们不满意，但是好在家家的盆里都不断跳进鱼来，人们不断地欢呼，狂叫，简直好像做着一个欢喜而又荒唐的梦，高兴压过了不平。

这两天，桶匠家家家吃鱼，喝酒。这一辈子没有这样痛快地吃过鱼。一面开怀地嚼着鱼肉，一面还觉得天地间竟有这等怪事：鱼往盆里跳，实在不可思议。

两天后，臭水河的积水流泄得差不多了，螺蛳坝重新堵上，沟里没有水了，也没有鱼了，岸上到处是鱼鳞。

庞家桶里的鱼最多。但是庞家这两天没有吃鱼。他家吃的是鱼子、鱼脏。鱼呢？这妯娌三个都把来用盐揉了，肚皮里撑一根芦柴棍，一条一条挂在门口的檐下晾着，挂了一溜。

把鱼已经通通吃光了的桶匠走到庞家门前，一个对一个说："真是鱼有眼睛，谁家兴旺，它就往谁家盆里跳啊！"

正在穿堂里做针线的妯娌三个都听见了。三嫂子抬头看了二嫂子一眼，二嫂子看了大嫂子一眼，大嫂子又向两个弟媳妇都看了一眼。她们低下头来继续做针线。她们的嘴角都挂着一种说不清的表情。是对自己的得意？是对别人的鄙夷？

一九八一年六月十八日承德避暑山庄

# 故 乡 人

## 打 鱼 的

**女**人很少打鱼。

打鱼的有几种。

一种用两只三桅大船，乘着大西北风，张了满帆，在大湖的激浪中并排前进，船行如飞，两船之间挂了极大的拖网，一网上来，能打上千斤鱼。而且都是大鱼。一条大铜头鱼（这种鱼头部尖锐，颜色如新擦的黄铜，肉细味美，有的地方叫作黄段），一条大青鱼，往往长达七八尺。较小的，也都在五斤以上。起网的时候，如果觉得分量太沉，会把鱼放掉一些，否则有把船拽翻了的危险。这种豪迈壮观的打鱼，只能在严寒的冬天进行，一年只能打几次。渔船的船主都是个小财主，虽然他们也随船下湖，驾船拉网，勇敢麻利处不比雇来的水性极好的伙计差到哪里去。

一种是放鱼鹰的。鱼鹰分清水、浑水两种。浑水鹰比清水鹰值钱得多。浑水鹰能在浑水里睁眼，清水鹰不能。湍急的浑水里才有大鱼，名贵的鱼。清水里只有普通的鱼，不肥大，味道也差。站在高高的运河堤上，看人放鹰捉鱼，真是一件快事。一般是两个人，一个撑船，一个管鹰。一船鱼鹰，多的可到二十只。这些鱼鹰歇在木架上，一个一个都好像很兴奋，不停地鼓膆子，扇翅膀，有点迫不及待的样子。管鹰的把篙子一摆，二十只鱼鹰扑通扑通一齐钻进水里，不大一会儿，接二连三地上来了。嘴里都叼着一条一尺多长的鳜鱼，鱼尾不停地搏动。没有一只落空。有时两只鱼鹰合抬着一条大鱼。喝！这条大鳜鱼！烧出来以后，哪里去找这样大的鱼盘来盛它呢？

一种是扳罾①的。

一种是撒网的。

……

————————

① 编者注：一种架在岸边捕鱼的方形大网。需要用到架杆。

还有一种打鱼的：两个人，都穿了牛皮缝制的连鞋子、裤子带上衣的罩衣，颜色白黄白黄的，站在齐腰的水里。一个张着一面八尺来宽的兜网；另一个按着一个下宽上窄的梯形的竹架，从一个距离之外，对面走来，一边一步一步地走，一边把竹架在水底一戳一戳地戳着，把鱼赶进网里。这样的打鱼的，只有在静止的浅水里，或者在虽然流动但水不深，流不急的河里，如护城河这样的地方，才能见到。这种打鱼的，每天打不了多少，而且没有很大的，很好的鱼。大都是不到半斤的鲤鱼拐子、鲫瓜子、鲇鱼。连不到二寸的"罗汉狗子"，薄得无肉的"猫杀子"，他们也都要。他们时常会打到乌龟。

在小学校后面的苇塘里，臭水河，常常可以看到两个这样的打鱼的。一男一女。他们是两口子。男的张网，女的赶鱼。奇怪的是，他们打了一天的鱼，却听不到他们说一句话。他们的脸上既看不出高兴，也看不出失望、忧愁，总是那样平平淡淡的，平淡得近于木然。除了举网时听到欻的一声，和梯形的竹架间或搅动出一点水声，听不到一点声音。就是举网和搅水的声音，也很轻。

有几天不看见这两个穿着黄白黄白的牛皮罩衣的打

故乡人

1
0
7

鱼的了。又过了几天，他们又来了。按着梯形竹架赶鱼的换了一个人，一个十五六岁的小姑娘。辫根缠了白头绳。一看就知道，是打鱼人的女儿。她妈死了，得的是伤寒。她来顶替妈的职务了。她穿着妈穿过的皮罩衣，太大了，腰里窝着一块，更加显得臃肿。她也像妈一样，按着梯形竹架，一戳一戳地戳着，一步一步地往前走。

她一定觉得：这身湿了水的牛皮罩衣很重，秋天的水已经很凉，父亲的话越来越少了。

# 金 大 力

金大力想必是有个大名的，但大家都叫他金大力，当面也这样叫。为什么叫他金大力，已经无从查考。他姓金，块头倒是很大。他家放剩饭的淘箩，年下腌制的风鱼咸肉，都挂得很高，别人够不着，他一伸手就能取下来，不用使竹竿叉棍去挑，也不用垫一张凳子。身大力不亏。但是他是不是有很大的力气，没法证明。关于他的大力，没有什么传说的故事，他没有表演过一次，也没有人和他较量过。他这人是不会当众表演，更不会和任何人较量的。因此，大力只是想当然耳。是不是和戏里的金大力有什么关系呢？也说不定。也许有。他很老实，也没有什么本事，这一点倒和戏里的金大力有点像。戏里的金大力只是个傻大个儿，哪次打架都有他，有黄天霸就有他，但哪回他也没有打得很出色。人们在提起金大力时，并不和戏台上那个戴着红缨帽或盘着一条大辫子，拿着一根可笑的武器，——一根红漆的木棍的那个金大力的形象联系起来。这个金大力和那个金大力不大相干。这个金大力只是一个块头很大的，家里开着一爿茶水炉子，本人是个瓦匠头儿的老实人。

他怎么会当了瓦匠头儿呢？

按说，瓦匠里当头儿的，得要年高望重，手艺好，有两手绝活，能压众，有口才，会讲话，能应付场面，还得有个好人缘儿。前面几条，金大力都不沾。金大力是个很不够格的瓦匠，他的手艺比一个刚刚学徒的小工强不了多少，什么活也拿不起来。一般老师傅会做的活，不用说相地定基，估工算料，砌墙时挂线，布瓦时堆瓦脊两边翘起的山尖，用一把瓦刀舀起半桶青灰在瓦脊正中塑出花开四面的浮雕……这些他统统不会，他连砌墙都砌不直！当了一辈子瓦匠，砌墙会砌出一个鼓肚子，真也是少有。他是一个瓦匠头，只能干一些小工活，和灰送料，传砖递瓦。这人很拙于言辞，一天说不了几句话，老是闷声不响，他不会说几句恭喜发财，大吉大利的应酬门面话讨主人家喜欢；也不会说几句夸赞奉承，道劳致谢的漂亮话叫同行高兴；更不会长篇大套地训教小工以显示一个头儿的身份。他说的只是几句实实在在的大实话。说话很慢，声音很低，跟他那副大骨架很不相符。只有一条，他倒是具备的：他有一个好人缘儿。不知道为什么，他的人缘儿会那么好。

这一带人家，凡有较大的泥工瓦活，都愿意找他。一般的零活，比如检个漏，修补一下被雨水冲坍的山墙，这些，直接雇两个瓦匠来就行了，不必通过金大力。若是新建房屋，或翻盖旧房，就会把金大力叫来。金大力听明白了是一个多大的工程，就告辞出来。他算不来所需工料、完工日期，就去找有经验的同行商议。第二天，带了一个木匠头儿，一个瓦匠老师傅，拿着工料单子，向主人家据实复告。主人家点了头，他就去约人、备料。到窑上订砖、订瓦，到石灰行去订石灰、麻刀、纸脚。他一辈子经手了数不清的砖瓦石灰，可是没有得过一手钱的好处。

这里兴建动工有许多风俗。先得"破土"。由金大力用铁锹挖起一小块土，铲得四方四正，用红纸包好，供在神像前面。——这一方土要到完工时才撤去。然后，主人家要请一桌酒。这桌酒有两点特别处，一是席面所用器皿都十分粗糙，红漆筷子，蓝花粗瓷大碗；二是，菜除了猪肉、豆腐外，必有一道泥鳅。这好像有一点是和泥瓦匠开玩笑，但瓦匠都不见怪，因为这是规矩。这桌酒，主人是不陪的，只是出来道一声"诸位多辛苦"，然后就委托金大力："金师傅，你陪陪吧！"金大力就代替了主人，举起酒杯，喝下一口淡酒。这时木匠已经把房架立好，到了择定吉日的五更头，上了梁，——梁柱上贴了一副大红对子："登柱喜逢黄道日，上梁正遇紫微星"，两边各立了一面筛子，筛子里斜贴了大红斗方，斗方的四角写着"吉星高照"，金大力点起一挂鞭，泥瓦工程就开始了。

　　每天，金大力都是头一个来，比别人要早半小时。来了，把孩子们搬下来搭桥、搭鸡窝玩的砖头捡回砖堆上去，把碍手碍脚的棍棍棒棒归置归置，清除"脚手"板子上昨天滴下的灰泥，把"脚手"往上提一提，捆"脚手"的麻绳紧一紧，扫扫地，然后，挑了两担水来，用铁锹抓钩和青灰，——石灰里兑了锅烟；和黄泥。灰泥和好，伙计们也就来上工了。他是个瓦匠，上工时照例也在腰带里掖一把瓦刀，手里提着一个抿子。可是他的瓦刀抿子几乎随时都是干的。他一天使的家伙就是铁锹抓钩，他老是在和灰、和泥。他只能干这种小工活，也就甘心干小工活。他从来不想去露一手，去逞能卖嘴，指手画脚，到了半前晌和半后晌，伙计们照例要下来歇一会儿，金大力看看太阳，提起两把极大的紫砂壶就走。在壶里撮了两大把茶叶梗子，到他自己家的茶水炉上，灌了两壶水，把茶水筛在大碗里，就抬头叫嚷："哎，下来喝茶来！"傍晚收工时，他总是最后一个走。他要各处看看，看看今天的进度、质量（他的手艺不高，这些都还是会看的），也看看有没有留下火星（木匠熬胶要点火，瓦匠里有抽烟的）。然后，解下腰带，从头到脚，抽打一遍。走到主人家窗下，扬声告别："明儿见啦！晚上你们照看着点！"——"好来，我们会照看。明儿见，金师傅！"

金大力是个瓦匠头儿，可是拿的工钱很低，比一个小工多不多少。同行师傅们过意不去，几次提出要给金头儿涨涨工钱。金大力说："不。干什么活，拿什么钱。再说，我家里还开着一爿茶水炉子，我不比你们指身为业。这我就知足。"

金家茶炉子生意很好。一早、晌午、傍黑，来打开水的人很多，提着木榰子的，提着洋铁壶、暖壶、茶壶的，川流不息。这一带店铺人家一般不烧开水，要用

异秉

1
1
2

开水，多到茶炉子上去买，这比自己家烧方便。茶水炉子，是一个砖砌的长方形的台子，四角安四个很深很大的铁罐，当中有一个火口。这玩意，有的地方叫作"老虎灶"。烧的是稻糠。稻糠着得快，火力也猛。但这东西不经烧，要不断地往里续。烧火的是金大力的老婆。这是个很结实也很利索的女人。只见她用一个小铁簸箕，一簸箕一簸箕地往火口里倒糠。火光轰轰地一阵一阵往上冒，照得她满脸通红。半箩稻糠烧完，四个铁罐里的水就哗哗地开了，她就等着人来买水，一舀子一舀子往各种容器里倒。到罐里水快见底时，再烧。一天也不见她闲着。（稻糠的灰堆在墙角，是很好的肥料，卖给乡下人壅田，一个月能卖不少钱。）

　　茶炉子用水很多。金家茶炉的一半地方是三口大水缸。因为缸很深，一半埋在地里。一口缸容水八担，金家一天至少要用二十四担水。这二十四担水都是金大力挑的。有活时，他早晚挑；没活时（瓦匠不能每天有活）白天挑。因为经常挑水，总要撒泼出一些，金家茶炉一边的地总是湿漉漉的，铺地的砖发深黑色（另一边的砖地是浅黑色）。你要是路过金家茶炉子，常常可以看见金大力坐在一根搭在两只水桶的扁担上休息，好像随时就会站起身来去挑一担水。

故乡人

1
1
3

金大力不变样，多少年都是那个样子。高大结实，沉默寡言。

不，他也老了。他的头发已经有了几根白的了，虽然还不大显，墨里藏针。

## 钓鱼的医生

这个医生几乎每天钓鱼。

他家挨着一条河。出门走几步，就到了河边。这条河不宽。会打水撇子（有的地方叫打水漂儿，有的地方叫打水片）的孩子，捡一片薄薄的破瓦，一扬手忒忒忒忒，打出二十多个，瓦片贴水飘过河面，还能蹦到对面的岸上。这条河下游淤塞了，水几乎是不流动的。河里没有船。也很少有孩子到这里来游水，因为河里淹死过人，都说有水鬼。这条河没有什么用处。因为水不流，也没有人挑来吃。只有南岸的种菜园的每天挑了浇菜。再就是有人家把鸭子赶到河里来放。河南岸都是大柳树。有的欹侧着，柳叶都拖到了水里。河里鱼不少，是个钓鱼的好地方。

你大概没有见过这样的钓鱼的。

他搬了一把小竹椅，坐着。随身带着一个白泥小炭炉子，一口小锅，提盒里葱姜作料俱全，还有一瓶酒。他钓鱼很有经验。钓竿很短，鱼线也不长，而且不用漂子，就这样把钓线甩在水里，看到线头动了，提起来就是一条。都是三四寸长的鲫鱼。——这条河里的鱼以白条子和鲫鱼为多。白条子他是不钓的，他这种钓法，是钓鲫鱼的。钓上来一条，刮刮鳞洗净了，就手就放到锅里。不大一会儿，鱼就熟了。他就一边吃鱼，一边喝酒，一边甩钩再钓。这种出水就烹制的鱼味美无比，叫作"起水鲜"。到听见女儿在门口喊："爸——！"知道是有人来看病了，就把火盖上，把鱼竿插在岸边湿泥里，起身往家里走。不一会儿，就有一只钢蓝色的蜻蜓落在他的鱼竿上了。

这位老兄姓王，字淡人。中国以淡人为字的好像特别多，而且多半姓王。他们大都是阴历九月生的，大名里一定还带一个菊字。古人的一句"人淡如菊"的诗，造就了多少人的名字。

王淡人的家很好认。门口倒没有特别的标志。大门总是开着的，往里一看，就看到通道里挂了好几块大匾。匾上写的是"功同良相""济世救人""仁心仁术""术绍岐黄""杏林春暖""橘井流芳""妙手回春""起我沉疴"……医生家的匾都是这一套。这是亲友或病家送给王淡人的祖父和父亲的。匾都有年头了，匾上的金字都已经发暗。到王淡人的时候，就不大兴送匾了。送给王淡人的只有一块，匾很新，漆得乌亮，匾字发光，是去年才送的。这块匾与医术无关，或关系不大，匾上写的是"急公好义"，字是颜体。

进了过道，是一个小院子。院里种着鸡冠、秋葵、凤仙一类既不花钱，又不费事的草花。有一架扁豆。还有一畦瓢菜。这地方不吃瓢菜，也没有人种。这一畦瓢菜是王淡人从外地找了种子，特为种来和扁豆配对的。王淡人的医室里挂着一副郑板桥写的（木板刻印的）对子："一庭春雨瓢儿菜，满架秋风扁豆花。"他很喜欢这副对子。这点淡泊的风雅，和一个不求闻达的寒士是非常配称的。其实呢？何必一定是瓢儿菜，种什么别的菜也不是一样吗？王淡人花费心思去找了瓢菜的菜种来种，也可看出其天真处。自从他种了瓢菜，他的一些穷朋友在来喝酒的时候，除了吃王淡人自己钓的鱼，就还能尝到这种清苦清苦的菜蔬了。

过了小院，是三间正房，当中是堂屋，一边是卧房，一边是他的医室。

他的医室和别的医生的不一样，像一个小药铺。架子上摆着许多青花小瓷坛，坛口塞了棉纸卷紧的塞子，坛肚子上贴着浅黄蜡笺的签子，写着"九一丹""珍珠散""冰片散"……到处还有一些大大小小的乳钵，药碾子、药臼、嘴刀、剪子、镊子、钳子、钎子、往耳朵和喉咙里吹药用的铜鼓……他这个医生是"男妇内外大小方脉"，就是说内科、外科、妇科、儿科，什么病都看。王家三代都是如此。外科用的药，大都是"散"——药面子。"神仙难识丸散"，多有经验的医生和药铺的店伙也鉴定不出散的真假成色，都是一些粉红的或雪白的粉末。虽然每一家药铺都挂着一块小匾"修合存心"，但是王淡人还是不相信。外科散药里有许多贵重药：麝香、珍珠、冰片……哪家的药铺能用足？因此，他自己炮制。他的老婆、儿女，都是他的助手，经常看到他们抱着一个乳钵，握着乳锤，一圈一圈慢慢地磨研（散要研得极细，都是加了水"乳"的）。另外，找他看病的多一半是乡下来的，即使是看内科，他们也不愿上药铺去抓药，希望先生开了方子就给配一服，因此，他还得预备一些常用的内科药。

城里外科医生不多，——不知道为什么，大家对外科医生都不大看得起，觉得都有点"江湖"，不如内科清高，因此，王淡人看外科的时间比较多。一年也看不了几起痈疽重症，多半是生疮长疖子，而且大都是七八岁狗都嫌的半大小子。常常看见一个大人带着生痢痢头的瘦小子，或一个长疖腮的胖小子走进王淡人家的大门；不多一会儿，就又看见领着出来了。生痢痢的涂了一头青黛，把一个秃光光的脑袋涂成了蓝的；生疖腮的腮帮上画着一个乌黑的大圆饼子，——是用掺了冰片研出的陈墨画的。

这些生疮长疖子的小病症，是不好意思多收钱的，——那时还没有挂号收费这一说。而且本地规矩，熟人看病，很少当下交款，都得要等"三节算账"，——端午、中秋、过年。忘倒不会忘的，多少可就"各凭良心"了。有的也许为了高雅，其实为了省钱，不送现钱，却送来一些华而不实的礼物：枇杷、扇子、月饼、莲蓬、天竺果子、蜡梅花。乡下来人看病，一般倒是当时付酬，但常常不是现钞，或是二十个鸡蛋、或一升芝麻、或一只鸡、或半布袋鹌鹑！遇有实在困难，什么也拿不出来的，就由病人的儿女趴下来磕一个头。王淡人看看病人身上盖着的破被，鼻子一酸，就不但诊费免收，连药钱也白送了。王淡人家吃饭不致断顿，——吃扁豆、瓢菜、小鱼、糙米——和炸鹌鹑！穿衣可就很紧了。淡人夫妇，十多年没添置过衣裳。只有儿子女儿一年一年长高，不得不给他们换换季。有人说：王淡人很傻。

王淡人是有点傻。去年、今年，就办了两件傻事。

去年闹大水。这个县的地势，四边高，当中低，像一个水壶，别名就叫作盂城。城西的运河河底，比城里的南北大街的街面还要高。站在运河堤上，可以俯瞰城中鳞次栉比的瓦屋的屋顶；城里小孩放的风筝，在河堤游人的脚底下飘着。因此，这地方常闹水灾。水灾好像有周期，十年大闹一次。去年闹了一次大水。王淡人在河边钓鱼，傍晚听见蛤蟆爬在柳树顶上叫，叫得他心惊肉跳，他知道这是不祥之兆。蛤蟆有一种特殊的灵感，水涨多高，他就在多高处叫。十年前大水灾就是这样。果然，连天暴雨，一夜西风，运河决了口，浊黄色的洪水倒灌下来，平地水深丈二，大街上成了大河。大河里流着箱子、柜子、死牛、死人。这一年死于大水的，有上万人。大水十多天未退，有很多人困在房顶、树顶和孤岛一样的高岗子上挨饿；还有许多人生病：上吐下泻，痢疾伤寒。王淡人就用了一根结结实实的撑船用的长竹篙拄着，在齐胸的大水里来往奔波，为人治病。他会水，在水特深的地方，就横执着这根竹篙，泗水过去。他听说泰山庙北边有一个被大水围着的孤村子，一村子人都病倒了。但是泰山庙那里正是洪水的出口，水流很急，不能容舟，过不去！他和四个水性极好的专在救生船上救人的水手商量，弄了一只船，在他的腰上系了四根铁链，每一根又分在一个水手的腰里，这样，即使是船翻了，他们之中也可能有一个人把他救起来。船开了，看着的人的眼睛里都蒙了一层眼泪。眼看这只船在惊涛骇浪里颠簸出没，终于靠到了那个孤村，大家发出了雷鸣一样的欢呼。这真是玩儿命的事！

水退之后，那个村里的人合送了他一块匾，就是那块"急公好义"。

拿一条命换一块匾，这是一件傻事。

另一件傻事是给汪炳治搭背，今年。

汪炳是和他小时候一块掏蛐蛐，放风筝的朋友。这人原先很阔。这一街的老人到现在还常常谈起他娶亲的时候，新娘子花鞋上缀的八颗珍珠，每一颗都有指头顶子那样大！这家伙，吃喝嫖赌抽大烟，把家业败得精光，连一片瓦都没有，最后只好在几家亲戚家寄食。这一家住三个月，那一家住两个月。就这样，他还抽鸦片！他给人家熬大烟，报酬是烟灰和一点膏子。他一天夜里觉得背上疼痛，浑身发烧，早上歪歪倒倒地来找王淡人。

王淡人一看，这是个有名有姓的外症：搭背。说："你不用走了！"

王淡人把汪炳留在家里住，管吃、管喝，还管他抽鸦片，——他把王淡人留着配药的一块云土①抽去了一半。王淡人祖上传下来的麝香、冰片也为他用去了三分之一。一个多月以后，汪炳的搭背收口生肌，好了。

有人问王淡人："你干吗为他治病？"王淡人倒对这话有点不解，说："我不给他治，他会死的呀。"

汪炳没有一个钱。白吃，白喝，白治病。病好后，他只能写了很多鸣谢的帖子，贴在满城的街上，为王淡人传名。帖子上的言辞倒真是淋漓尽致，充满感情。

王淡人的老婆是很贤惠的，对王淡人所做的事没有说过一个不字。但是她忍不住要问问淡人："你给汪炳用掉的麝香、冰片，值多少钱？"王淡人笑一笑，说："没有多少钱。——我还有。"他老婆也只好笑一笑，摇摇头。

---

① 编者注：云南产的烟土，即鸦片。

王淡人就是这样，给人看病，看"男女内外大小方脉"，做傻事，每天钓鱼。一庭春雨，满架秋风。

你好，王淡人先生！

一九八一年八月十九日

# 卖眼镜的宝应人

他是个卖眼镜的，宝应人，姓王。大家不知道怎么称呼他才合适。叫他"王先生"高抬了他，虽然他一年四季总是穿着长衫，而且整齐干净（他认为生意人必要"擦干掉净"，才显得有精神，得人缘，特别是脚下的一双鞋，千万不能邋遢："脚底无鞋穷半截"）。叫他老王，又似有点小瞧了他。不知是哪一位开了头，叫他"王宝应"。于是就叫开了。背后，当面都这么叫。以至王宝应也觉得自己本来就叫王宝应。

他是个跑江湖做生意的，不老在一个地方。"行商坐贾"，他算是"行商"。他所走的是运河沿线的一些地方，南自仪征、仙女庙、邵伯、高邮，他的家乡宝应，淮安，北至清江浦。有时也盆到兴化、泰州、东台。每年在高邮停留的时间较长，因为人熟，生意好做。

卖眼镜的撑不起一个铺面，也没有摆摊的，他走着卖，——卖眼镜也没有吆喝的。他左手半捧半托着一个木头匣子，匣子一底一盖，后面有合页连着。匣子平常总是揭开的。匣盖子里面用尖麻钉卡着二三十副眼镜：平光镜、近视镜、老花镜、养目镜。这么个小本买卖没有什么验目配光的设备，有人买，挑几副试试，能看清楚报上的字就行。匣底是一些杂七杂八的东西，可以说是小古董：玛瑙烟袋嘴、"帽正"的方块小玉、水钻耳环、发蓝点翠银簪子、风藤镯，甚至有装鸦片烟膏的小银盒……这些东西不知他是从什么地方寻摸来的。

他寄住在大淖一家人家。一清早，就托着他的眼镜匣奔南门外琵琶闸，在小轮船开船前，在"烟篷""统舱"里转一圈。稍后，几家茶馆，五柳园、小蓬莱、新大陆都上了客，他就到茶馆里转一圈。哪里人多，热闹，都可以看到他的踪迹：王四海耍"大把戏"的场子外面、唱"大戏"的庙台子下面、放戒的善因寺山门旁边，甚至枪毙人（当地叫作"铳人"）的刑场附近，他都去。他说他每天走的路不下三四十里。"人为财死，鸟为食亡，天生的劳碌命！"

王宝应也不能从早走到晚，他得有几个熟识的店铺歇歇脚：李馥馨茶叶店、大吉陞油面（茶食）店、同康泰布店、王万丰酱园……最后，日落黄昏，到保全堂药店。他到这些店铺，和"头柜""二柜""相公"（学生意的）都点点头，就自己找一个茶碗，从"茶壶揢子"里倒一杯大叶苦茶，在店堂找一张椅子坐下。有时他也在店堂里用饭：两个插酥芝麻烧饼。

他把木匣放在店堂方桌上，有生意做生意，没有生意时和店里的"同事"、无事的闲人谈天说地，道古论今。他久闯江湖，见多识广，大家也愿意听他"白话"。听他白话的人大都半信半疑，以为是道听途说。——他书读得不多，路走得不少，可不只能是"道听途说"么？

他说沭阳陈生泰（这是苏北人都知道的一个特大财主）家有一座羊脂玉观音。这座观音一尺多高，"通体无瑕"。难得的是龙女的一抹红嘴唇、善财童子的红肚兜，都是天生的。——当初"相"这块玉的师傅怎么就能透过玉胚子看出这两块红，"碾"得又那么准？这是千载难逢，是块宝。有一个大盗，想盗这座观音，在陈生泰家瓦垅里伏了三个月。可是每天夜里只见下面一夜都是灯笼火把，人来人往，不敢下手。灯笼火把，人来人往，其实并没有，这是神灵呵护。凡宝物，必有神护，没福的，取不到手。

他说"十八鹤来堂夏家"有一朵云。云在一块水晶里。平常看不见。一到天阴下雨，云就生出来，盘旋袅绕。天晴了，云又渐渐消失。"十八鹤来堂"据说是堂建成时有十八只白鹤飞来，这也许是可能的。鹤来堂有没有一朵云，就很难说了。但是高邮人非常愿意夏家有一朵云——这多美呀，没有人说王宝应是瞎说。

他说从前泰山庙正殿的屋顶上，冬天，不管下多大的雪，不积雪。什么缘故？原来正殿下面有一个很大的獾子洞，跟正殿的屋顶一样大。獾子用自己的毛擀成一块大毯子，——"獾毯"。"獾毯"热气上升，雪不到屋顶就化了。有人问这块"獾毯"后来到哪里了，王宝应说：被一个"江西憨宝回子"盗走了，——现在下大雪的时候泰山庙正殿上照样积雪。

除了这些稀世之宝，王宝应最爱白话的是各地的吃食。

他说淮安南阁楼陈聋子的麻油馓子风一吹能飘起来。

他说中国各地都有烧饼，各有特色，大小、形状、味道，各不相同。如皋的黄桥烧饼、常州的麻糕、镇江的蟹壳黄，味道都很好。但是他宁可吃高邮的"火镰子"，实惠！两个，就饱了。

他说东台冯六吉——大名士，在年羹尧家当西宾——坐馆。每天的饭菜倒也平常，只是做得讲究。每天必有一碗豆腐脑。冯六吉岁数大了，辞馆回乡。他想吃豆腐脑。家里人想：这还不容易！到街上买了一碗。冯六吉尝了一勺，说："不对！不是这个味道！"街上买来的豆腐脑怎么能跟年羹尧家的比呢？年羹尧家的豆腐脑是鲫鱼脑做的！

他的白话都只是"噱子"，目的是招人，好推销他的货。他把他卖的东西吹得神乎其神。

他说他卖的风藤镯是广西十万大山出的，专治多年风湿，筋骨酸疼。

他说他卖的养目镜是真正茶晶，有"棉"，不是玻璃的。真茶晶有"棉"，假的没有。戴了这副眼镜，会觉得窨凉窨凉。赤红火眼，三天可愈。

他不知从哪里收到一把清朝大帽的红缨，说是猩猩血染的，五劳七伤，咯血见红，剪两根煎水，热黄酒服下，可以立止。

有一次他拿来一个浅黄色的烟嘴，说是蜜蜡的。他要了一张白纸，剪成米粒大一小块一小块，把烟嘴在袖口上磨几下，往纸屑上一放，纸屑就被吸起来了。
"看！不是蜜蜡，能吸得起来吗？"

蜜蜡烟嘴被保全堂的二老板买下了。二老板要买，王宝应没敢多要钱。

二老板每次到保全堂来，就在账桌后面一坐，取出蜜蜡烟嘴，用纸捻通得干干净净，觑着眼看看烟嘴小孔，掏出白绸手绢把烟嘴全身上下仔仔细细擦了个遍，然后，掏出一支大前门，插进烟嘴，点了火，深深抽了几口，悠然自得。

王宝应看看二老板抽烟抽得那样出神入化，也很陶醉："蜜蜡烟嘴抽烟，就是另一个味儿：香，醇，绵软！"

二老板不置可否。

王宝应拿来三个翡翠表拴。那年头还兴戴怀表。讲究的是银链子、翡翠表拴。表拴别在纽扣孔里。他把表拴取出来，让在保全堂店堂里聊天的闲人赏眼："看看，多地道的东西，翠色碧绿，地子透明，这是'水碧'。我费了好大的劲才弄到。不贵，两块钱就卖，——一根。"

十几个脑袋向翡翠表拴围过来。

一个外号"大高眼"的玩家掏出放大镜，把三个表拴挨个看了，说："东西是好东西！"

开陆陈行的潘小开说："就是太贵，便宜一点，我要。"

"贵？好说！"

经过讨价还价，一块八一根成交。

"您是只要一个，还是三个都要？"

"都要！——送人。"

"我给您包上。"

王宝应抽出一张棉纸，要包上表拴。

"先莫忙包，我再看看。"

潘小开拈起一个表拴：

"靠得住？"

"靠得住！"

"不会假？"

"假？您是怕不是玉的，是人造的，松香、赛璐珞、'化学'的？笑话！我王宝应在高邮做生意不是一天了，什么时候卖过假货？是真是假，一试便知。玉不怕火，'化学'的见火就着。当面试给你看！"

王宝应左手两个指头捏住一个表拴，右手划了一根火柴，火苗一近表拴——

呼，着了。

一九九三年十月二十六日

# 猎　猎

## ——寄珠湖

将暝的夕阳，把他的"问路"①在背河的土阶上折成一段段屈曲的影子，又一段段让它们伸直，引他慢步越过堤面，坐到临水的石级旁的土墩上，背向着长堤风尘中疏落的脚印；当牧羊人在空际振一声长鞭，驱饱食的羊群归去，一行雁字没入白头的芦丛的时候。

脚下，河水潺潺地流过：因为入秋，萍花藻叶早连影子也枯了，遂越显得清洌；多少年了，它永远平和又

① 盲人手中的竹杖。

寂寞地轻轻唱着。隔河是一片茫茫的湖水，杳无边涯，遮断旅人的眼睛。

现在，暮色从烟水间合起，教人猛一转念，大为惊愕：怎么，天已经黑了！什么时候开始的呢？像从终日相守的人的面上偶然发现一道衰老的皱纹一样，几乎是不能置信的，然而的确已经黑了，你看湖上已落了两点明灭的红光（是寒星？渔火？），而且幽冥钟声已经颤抖在渐浓的寒气里了。

——而他，仍以固定的姿势坐着，一任与夜同时生长的秋风在他疏疏的散发间吹出欲绝的尖音：两手抱膝，竹竿如一个入睡的孩子，欹倚在他的左肩；头微前仰，像是瞩望着辽远的，辽远的地方。

往常，当有一只小轮船泊在河下的，你看白杨的干上不是钉有一块铁皮的小牌子，那是码头的标记了。既泊船，岸边便不这般清冷，船上油灯的光从小窗铁条栏栅中漏出，会在岸上画出朦胧的，单调的黑白图案，风过处，撼得这些图案更昏晕了，一些被旅栈伙计从温热的梦中推醒的客人，打一盏灯笼，或燃一枝蘸着松脂的枯竹，缩着肩头，摇摇地走过搭在石级上的跳板（虽然永远是漂泊的，却有归家的那一点急切）。跨入舱中，随便又认真地拣一个位置，安排下行囊，然后亲热地向陌生的人点一点头（即使第一个进舱的人也必如是，尽管点头之后，一看，向自己点头的只是自己的影子，会寂寞地笑起来），我们不能诬蔑这一点头里的真诚，因为同舟人有同一的命运，而且这小舱是他们一夜的家。

旅行人跨出乡土一步，便背上一份沉重的寂寞，每个人知道浮在水上的梦，不会流到亲人的枕边，所以他们都不睡觉，且不惜自己的言语，为了自己，也为了别人，说着故乡风物，船上是不容有一分拘谨的。也许在奉一支烟，借一个火中结下以后的因缘，然而这并不能把他们从寂寞中解脱出来：孤雁打更了，有人问"还有多少时候开船？"而答话大概是"快了吧？"并且，船开之后，寂寞也并不稍减，船的慢度会令年轻人如夏天痱子痒起来一般的难受，于是你听："下来多少里哩？""还有几里？"旅行的人怀一分意料中的无聊。

而他，便是清扫舱中堆积的寂寞者。

轮船上吹了催客的唢呐后，估量着客人大概都已要了一壶茶或四两酒，嚼着卤煮牛肉，嗑着葵花子了，他，影子似的走入舱里，寻找熟悉的声音打着招呼，那语调稍带着一点谦卑：

"李老板，近来发财！"

"哦，张先生，您还是上半月打这儿过的，这一向好哇！"

听着冲茶时的水声的徐急，辨出了那茶房是谁，于是亲狎地呼着他的小名，道一声辛苦。

人们，也都不冷落他。

然后，从大襟内摸出一面磁盘，两支竹筷，叮叮当当地敲起来。我不能说这声音怎么好听，但总不会教你讨厌就是了，在静夜里，尤能给你意外的感动。盘声乍歇，于是开始他的似白似唱的歌，他唱的沿河的景物，一些苗蔓在乡庄里的朴野又美丽的传说，他歌唱着自己，轻拍着船舷的流水，做他歌声的伴奏。

他的声音，清晰，但并不太响，使流连于梦的边界的人听起来，疑是来自远方的；但如果你浮游于声音之外，那你捕捉灯下醉人的呢语去，它不会惊破一分。

并且他会解答你许多未问出的问题，这些问题在生客是有趣味的，而老客人也决不会烦厌：

"这儿啦，古时候不是这样的：湖在城那边，而城建立在现在湖的地方。前年旱荒时，湖水露了底，曾有人看见淤泥里有街路的痕迹，还有人拾到古瓶，说是当年城中一所大寺院的宝塔顶子。你瞧这堤面多高，哪有比城垛还高的堤？要不是刘伯温的几条铜牛镇住啊，湖水早想归到老家这边来了。"

"这会儿大概是子下三刻了吧，白衣庵的钟声渐渐懒了。"

"船慢了，河面狭了呢。开快了伤了堤，两岸的庄稼人老不声不响地乱抡砖头石块儿，一回竟开枪伤了船上的客人，所以一到这段，不敢不放慢了，这年头……"

"不远便是二郎庙，你听，水声有点不同是吧，船正在拐弯儿呢。"

"船到清水潭要停的，那儿有上好的美酒，糟青鱼的味道就不用提，到万河一带的，可以往王家店一住，明儿雇个小驴儿上路。……"

船俯身过了桥洞，唢呐儿第二次响起，不管有无上下的客人，照例得停一下的，他收起盘子里零散的钱，掖了盘子，向客人们道一声珍重，上了岸了，踏上迢迢的归路。长堤对于每个脚履的亲抚都是感谢的，何况他还有一根忠实的竿儿，告诉他前面有新掘的小沟，昨天没有的土冢。夜对于他原是和白昼一样，龙王庙神龛下的草荐又在记忆中招诱着他，所以，虽然处处有秋风作被，他仍旧要返到他的"家"里去。他走着，如走在一段平凡的日子里。

他的生涯的另一方面是围在小孩们短短的手臂里：

教他们唱歌，跟他们说故事，使他们澄澈的眼里梦寐着一些缥缈的事物，以换取一点安慰，点缀在他如霜的两鬓间。记得我小的时候，曾经跟他学会唱：

"巴根草，

绿蒌蒌，

唱个歌儿姐姐听。"

而"秋虎妈妈"的故事，还似一片落在静水里的花瓣，微风过有时会泛上一点鲜红（祝福它永远不要腐烂）。

（如今怕要轮到我们的子侄辈来听他的了）。

你要问他为什么如此熟悉于河上的风物，河又为什么对他如此亲切吧？他是河之子，把年轻的一段日子消磨在这只小轮上，那时他是个令同辈人羡嫉，老年人摇头的水手啊，而那时候，船也是年轻的。

他本有一个女儿，死了，死在河那边的湖里（关于他女儿的事容我下回再告诉你吧）。

他的眼睛是什么时候瞎了的呢，我不知道，而且我们似乎忘了他是个盲人，像他自己已经忘了不瞎的时候一样。但是他本来有一对善于问询与答话的美丽的眼睛，也许，也许他的瞎与眼睛的美丽有关系的吧？年轻的人，凭自己想去吧！

荒鸡在叫头遍了，被寒气一扑又把声音咽下，仍把头缩在翅膀里睡了，他还坐在猎猎的秋风里，比夜更静穆，比夜的颜色更深。

轮船今夜还会来吗？它也如一个衰颓的老人，在阴天或节气时常常要闹闹筋骨酸痛什么的。

你还等什么呢，呵哟，你摸摸草叶子看，今夜的露水多重！

脚下，流水永远平和又寂寞地唱着，唱着。

# 丑 脸

这四位略有赀财，但在城里算不上是绅士大户，因此对绅士大户很巴结。大户人家有事，婚丧寿庆，他们必定是礼到人到，从不缺席。他们和绅士大户多少都能拉扯一点亲戚关系，叙起来却好像是至亲。他们来了，气氛就活跃起来，很多人都愿意看他们一眼，然后抿嘴而笑。有时他们凑一桌麻将，来看一眼，抿嘴笑着走开的人更多。女眷们伸了脑袋，尽情地看够，然后跑到对面廊子上放声大笑，笑得上气不接下气，笑得直揉肚子，嘴里还要不停地乱叫："哎哟哎哟……"

这四位长得奇丑。他们长了四张丑脸。

第一位是驴脸。这没有太特别处，只是特别的长而已。

第二位，女眷们叫他"瓢把子脸"，是说他的额头大，且光滑无毛，下巴又有点向外兜。

第三位是"磨刀砖脸"，是说脸狭长，上下都有点翘，而当中是个凹脸心。

第四位最特别，是一张"鞋拔子脸"。鞋拔子后来很少见到了，当初是常见的。那会儿穿鞋时兴狭小，得用鞋拔子拔，用手是拔不上去的。"鞋拔子脸"是什么样的呢？没有看过的，想象不出，但是一看见这张脸，就觉得真像！这不知道是哪一位尖嘴促狭的少奶奶想出来的！

这四位相继去世了。前后脚。

人总要死的，不论长了一张什么脸。

一九九五年三月二十五日

# 露　水

露水好大。小轮船的跳板湿了。

小轮船靠在御码头。

这条轮船航行在运河上已经有几年，是高邮到扬州的主要交通工具。单日由高邮开扬州，双日返回高邮。轮船有三层，底层有几间房舱，坐的是县政府的科长、县党部的委员，杨家、马家等几家阔人家出外就学的少爷小姐，考察河工的水利厅的工程师。房舱贵，平常坐不满。中层是统舱。坐统舱的多是生意买卖人，布店、药店、南货店的二掌柜，给学校采购图书仪器的中学教员……给茶房一点钱，可以租用一张帆布躺椅。上层叫"烟篷"，四边无遮挡，风、雨都可以吹进来。坐

"烟篷"的大都自己带一块油布，或躺或坐。"烟篷"乘客，三教九流。带着锯子凿子的木匠，挑着锡匠挑子的锡匠，牵着猴子耍猴的，细批流年的江湖术士，吹糖人的，到缫丝厂去缫丝的乡下女人，甚至有"关亡"的、"圆光"的、挑牙虫的。

客人陆续上船，就来了许多卖吃食的。卖牛肉高粱酒的，卖五香茶叶蛋的，卖凉粉的，卖界首茶干的，卖"洋糖百合"的，卖炒花生的。他们从统舱到烟篷来回窜，高声叫卖。

轮船拉了一声汽笛，催送客的上岸，卖小吃的离船。不过都知道开船还有一会儿。做小生意的还是抓紧时间照做，不过把价钱都减下来了一些。两位喝酒的老江湖照样从容容喝酒，把酒喝干了，才把豆绿酒碗还给卖牛肉高粱酒的。

轮船拉了第二声汽笛，这是真要开了。于是送客的上岸，做小生意的匆匆忙忙，三步两步跨过跳板。

正在快抽起跳板的时候，有两个人逆着人流，抢到船上。这是两个卖唱的，一男一女。

男的是个细高条，高鼻、长脸，微微驼背，穿一件褪色的蓝布长衫，浑身带点江湖气，但不讨厌。

女的面黑微麻，穿青布衣裤。

男的是唱扬州小曲的。

他从一个蓝布小包里取出一个细瓷蓝边的七寸盘，一双刮得很光滑的竹筷。他用右手持磁盘，食指中指捏着竹筷，摇动竹筷，发出清脆的、连续不断的响声；左手持另一支筷子，时时击盘边为节。他的一只瓷盘，两只竹筷，奏出或紧或慢、或强或弱的繁复的碎响，真是"大珠小珠落玉盘"。

> 姐在房中头梳手，
>
> 忽听门外人咬狗。
>
> 拾起狗来打砖头，
>
> 又怕砖头咬了手。
>
> 从来不说颠倒话，
>
> 满天凉月子一颗星。

"哪位说了：你这都是淡话！说得不错。人生在世，不过是几句淡话罢了。等人、钓鱼、坐轮船，这是'三大慢'。不错。坐一天船，难免气闷无聊。等学生给诸位唱几段小曲，解解闷，醒醒脾，冲冲瞌睡！"

他用瓷盘竹筷奏了一段更加紧凑的牌子，清了清嗓子，唱道：

一把扇子七寸长，

一个人扇风二人凉。

松呀，嘣呀。

呀呀子沁，

月照花墙。


手扶栏杆口叹一声，

鸳鸯枕上劝劝有情人呀。

一路闲花休要采哩，

干哥哥，

奴是你的知心着意人哪!


　　这是短的，他还有些比较长的，《小尼姑下山》《妓女悲秋》。他的拿手，是《十八摸》，但是除非有人点，一般是不唱的。他有一个经折子，上列他能唱的小曲，可以由客人点唱。一唱《十八摸》，客人就兴奋起来。统舱的客人也都挤到"烟篷"里来听。

　　唱了七八段，托着瓷盘收钱。给一个铜板、两个铜板，不等。加上点唱的钱，他能弄到五六、七八角钱。

　　他唱完了，女的唱：

你把那冤枉事对我来讲，

一桩桩一件件，

桩桩件件对小妹细说端详。

最可叹你死在那麦田以内，

高堂上哭坏二老爹娘……


　　这是《枪毙阎瑞生·莲英惊梦》的一段。枪毙阎瑞生是上海实事。莲英是有名的妓女，阎瑞生是她的熟客。阎瑞生把莲英骗到郊外，在麦田里勒死了她，劫去她手上戴的钻戒。案发，阎瑞生被枪毙。这案子在上海很轰动，有人编成了戏。这是时装戏。饰莲英的结拜小妹的是红极一时的女老生露兰春。这出戏唱红了，灌了唱片，由上海一直传到里下河。几乎凡有留声机的人家都有这张唱片，大人孩子都会唱"你把那冤枉事"。这个女的声音沙哑，不像露兰春那样响堂挂味。她唱的时候没有人听，唱完了也没有多少人给钱。这个女人每次都唱这一段，好像也只会这一段。

　　唱了一回，客人要休息，他们也随便找个旮旯蹲蹲。

　　到了邵伯，有些客人下船，新上一批客人，等客人把包袱行李安顿好了，他们又唱一回。

到了扬州，吃一碗虾子酱油汤面，两个烧饼，在城外小客栈的硬板床上喂一夜臭虫，第二天清早蹚着露水，赶原班轮船回高邮，船上还是卖唱。

扬州到高邮是下水，船快，五点多钟就靠岸了。

这两个卖唱的各自回家。

他们也还有自己的家。

他们的家是"芦席棚子"。芦笆为墙，上糊湿泥。棚顶也以"钢芦柴"（一种粗如细竹、极其坚韧的芦苇）为椽，上覆茅草。这实际上是一个窝棚，必须爬着进，爬着出。但是据说除了大雪天，冬暖夏凉。御码头下边，空地很多，这样的"芦席棚子"是不少的。棚里住的是叉鱼的、照蟹的、捞鸡头米的、串糖球（即北京所说的"冰糖葫芦"）的、煮牛杂碎的……

到家之后，头一件事是煮饭。女的永远是糙米饭、青菜汤。男的常煮几条小鱼（运河旁边的小鱼比青菜还便宜），炒一盘咸螺蛳，还要喝二两稗子酒。稗子酒有点苦味，上头，是最便宜的酒。不知道糟房怎么能收到那么多稗子做酒，一亩田才有多少稗子？

吃完晚饭，他们常在河堤上坐坐，看看星，看看水，看看夜渔的船上的灯，听听下雨一样的虫声，七搭八搭地闲聊天。

渐渐地，他们知道了彼此的身世。

男的原来开一个小杂货店，就在御码头下面不远，日子满过得去。他好赌，每天晚上在火神庙推牌九，把一间杂货店输得精光。老婆也跟了别人，他没脸在街里住，就用一个盘子、两根筷子上船混饭吃。

女的原是一个下河草台班子里唱戏的。草台班子无所谓头牌二牌，派什么唱什么。后来草台班子散了，唱戏的各奔东西。她无处投奔就到船上来卖唱。

"你有过丈夫没有？"

"有过。喝醉了酒栽在大河里，淹死了。"

"生过孩子没有？"

"出天花死了。"

"命苦！……你这么一个人干唱，有谁要听？你买把胡琴，自拉自唱。"

"我不会拉。"

"不会拉……这么着吧，我给你拉。"

"你会拉胡琴？"

"不会拉还到不了这个地步。泰山不是堆的，牛 × 不是吹的。你别把土地爷不当神仙。告诉你说，横的、竖的、吹的、拉的，我都拿得起来。十八般武艺件件精通，——件件稀松。不过给你拉'你把那冤枉事'，还是富富有余！”

“你这是真话？”

“哄你叫我掉到大河里喂王八！”

第二天，他们到扬州辕门桥乐器店买了一把胡琴。男的用手指头弹弹蛇皮，弹弹胡琴筒子，担子，拧拧轸子，撅撅弓子，说：“就是它！”买胡琴的钱是男的付的。

第二天回家。男的在胡琴上滴了松香，安了琴码，定了弦，拉了一段西皮，一段二黄，说：“声音不错！——来吧！”男的拉完了原板过门，女的顿开嗓子唱了一段《莲英惊梦》，引得芦席棚里邻居都来听，有人叫好。

从此，因为有胡琴伴奏，听女的唱的客人就多起来。

男的问女的：“你就会这一段？”

“你真是隔着门缝看人！我还会别的。”

“都是什么？”

“《卖马》《斩黄袍》……”

“够了！以后你轮换着唱。”

于是除了《莲英惊梦》，她还唱“店主东，带过了，黄骠马……”“孤王酒醉桃花宫”。当时刘鸿声大红，里下河一带很多人爱唱《斩黄袍》。唱完了，给钱的人渐渐多起来。

男的进一步给女的出主意。

"你有小嗓没有？"

"有一点。"

"你可以一个人唱唱生旦对儿戏：《武家坡》《汾河湾》……"

最后女的竟能一个人唱一场《二进宫》。

男的每天给她吊嗓子，她的嗓子"出来"了，高亮打远，有味。

这样女的在运河轮船上红起来了。她得的钱竟比唱扬州小曲的男的还多。

他们在一起过了一个月。

男的得了绞肠痧，折腾一夜，死了。

女的给他刨了一个坟，把男的葬了。她给他戴了孝，在坟头烧钱化纸。

她一张一张地烧纸钱。

她把剩下的纸钱全部投进火里。

火苗冒得老高。

她把那把胡琴丢进火里。

首先发出爆裂的声音的是蛇皮，接着毕卜一声炸开的是琴筒，然后是担子，最后轸子也烧着了。

女的拍着坟土，大哭起来：

"我和你是露水夫妻，原也不想一篙子扎到底。可你就这么走了！

"就这么走了！

"就这么走了！

"你走得太快了！

"太快了！

"太快了！

"你是个好人！

"你是个好人！

"你是个好人哪！"

她放开声音号啕大哭，直哭得天昏地暗，树上的乌鸦都惊飞了。

第二天，她还是在轮船上卖唱，唱"你把那冤枉事对我来讲……"

露水好大。

一九九三年七月三十一日

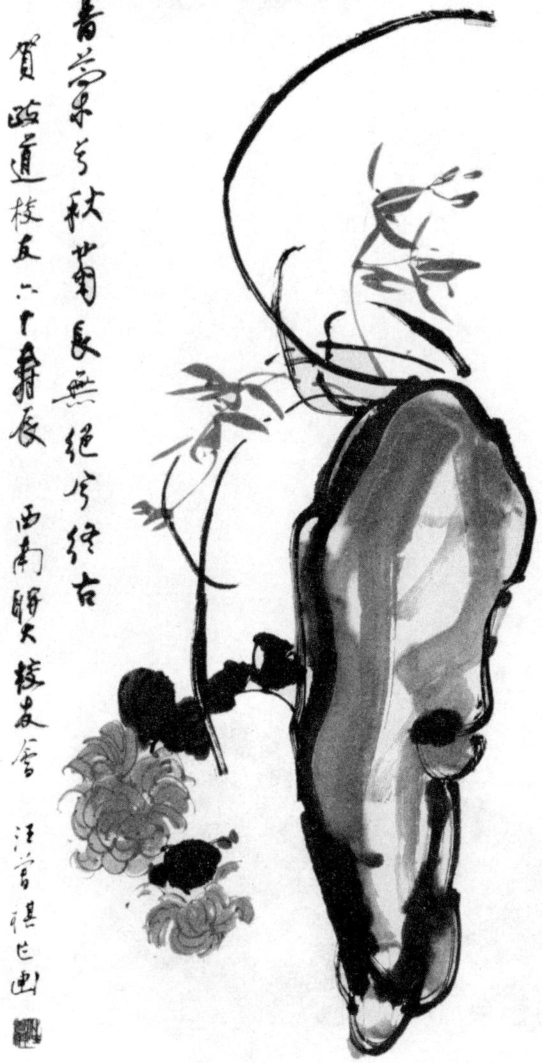

春蘭兮秋菊長無絕兮終古
賀 政道校友六十壽辰 西南聯大校友會
汪曾祺畫

李賀

一九八七年四月 汪曾祺

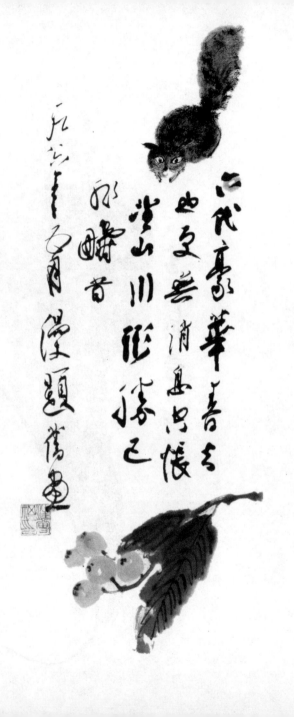

# 邂 逅

船开了一会儿，大家坐定下来。理理包箧，接起刚才中断的思绪，回味正在进行中的事务已过的一段的若干细节，想一想下一步骤可能发生的情形；没有目的的擒纵一些飘忽意象；漫然看着窗外江水；接过茶房递上来的手巾擦脸；掀开壶盖给茶房沏茶；口袋里摸出一张什么字条，看一看，又搁了回去；抽烟；打盹；看报；尝味着透入脏腑的机器的浑沉的震颤，——震得身体里的水起了波纹，一小圈，一小圈；暗数着身下靠背椅的一根一根木条；什么也不干，听而不闻，视而不见，近乎是虚设的"在"那里；观察，感觉，思索着这些，……各种生活式样摆设在船舱座椅上，展放出来；若真实，又若空幻，各自为政，没有章法，然而为一种什么东西范围概括起来，赋之以相同的一点颜色。——那也许是"生活"本身。在现在，即是"过江"，大家同在一条"船"上。

在分割了的空间之中，在相忘于江湖的漠然之中，他被发现了，像从一棵树下过，忽然而发现了这里有一棵树。他是什么时候进来的呢？他一定是刚刚进来。虽没有人注视着舱门如何进来了一个人，然而全舱都已经意识到他，在他由动之静，迈步之间有停止之意而终于果然站立下来的时候，他的进来完全成为一个事实。像接到一个通知似的，你向他看。

你觉得若有所见了。

活在世上，你好像随时都在期待着，期待着有什么可以看一看的事。有时你疲疲困困，你的心休息，你的生命匍匐着像一条假寐的狗，而一到有什么事情来了，你醒豁过来，白日里闪来了清晨。

常常也是一涉即过，清新的后面是沉滞，像一缕风。

他停立在两个舱门之间的过道当中，正好是大家都放弃而又为大家所共有的一个自由地带。——他为什么不坐，有的是空座位。——他不准备坐，没有坐的意思，他没有从这边到那边看一看，他不是在挑选那一张椅子比较舒服。他好像有所等待的样子。——动人的是他的等待么？

他脉脉地站在那里。在等待中总是有一种孤危无助的神情的，然而他不放纵自己的情绪，不强迫人怜恤注意他。他意态悠远，肤体清和，目色沉静，不纷乱，没有一点焦躁不安，没有忍耐。——你疑心他也许并不等待着什么，只是他的神情总像在等待着什么似的而已。

他整洁，漂亮，颀长，而且非常的文雅，身体的态度，可欣可感，都好极了。难得的，遇到这样一个人。

噢，——他是个盲人，——他来卖唱，——他是等着这个女孩子进来，那是他女儿，他等待着茶房沏了茶打了手巾出去，（茶房从他面前经过时他略为往后退了退，让他过去，）等着人定，等着一个适当的机会开口。

她本来在那里的？是等在舱门外头？她也进来得正是时候，像她父亲一样，没有人说得出她怎么进来的，而她已经在那里了，毫不突兀，那么自然，那么恰到好处，刚刚在点儿上。他们永远找得到那个千载一时的成熟的机缘，一点都不费力。他已经又在许多纷纭褶曲的心绪的空隙间插进他的声音，不知道什么时候，说了一句简单的开场白，唱下去了。没有跳梁呼喝，振足拍手，没有给任何旅客一点惊动，一点刺激，仿佛一切都是预先安排，这支曲子本然的已经伏在那里，应当有的，而且简直不可或缺，不是改变，是完成；不是反，是正；不是二，是一。……

一切有点出乎意外。

我高兴我已经十年不经过这一带，十年没有坐这种过江的渡轮了，我才不认识他。如果我已经知道他，情形会不会不同？一切令我欣慰的印象会不存在？——也不，总有个第一次的。在我设想他是一种什么人的时候我没有想出，没有想到他是卖唱的。他的职业特征并不明显，不是一眼可见，也许我全心倾注在他的另一种气质，而这种气质不是，或不全是生成于他的职业，我还没有兴趣也没有时间来判断，甚至设想他是何以为生的？如果我起初就发现——为什么刚才没有，一直到他举出来轻轻拍击的时候我才发现他手里有一副檀板呢？

从前这一带轮船上两个卖唱的，一个鸦片鬼，瘦极了，嗓子哑得简直发不出声音，咤咤的如敲破竹子；一个女人，又黑又肥，满脸麻子。——他样子不像是卖唱的？其实要说，也像，——卖唱的样子是一个什么样子呢？——他不满身是那种气味。腐烂了的果子气味才更强烈，他还完完整整，好好的。他样子真是好极了。这是他女儿，没有问题。

他唱的什么？

有一回，那年冬天特别冷，雪下得太极了，河封住了，船没法子开，我因事须赶回家去，只有起早走，过湖，湖都冻得实实的，船没法子过去，冰面上倒能走。大风中结了几个伴在茫茫一片冰上走，心里感动极了，抽一支烟划一只火柴好费事！一个人划火柴成了全队人的事情。……（我掏了一支烟抽，）远远看见那只轮船冻在湖边，一点活意都没有，被遗弃在那儿，红的，黑的，都是可怜的颜色。我们坐过它很多次，天不这么冷，现在我们就要坐它的。忽然想起那两个卖唱的。他们在那里了呢，雪下了这么多天了。沿河堤有许多小客栈，本来没有什么人知道的，都有了生意了，近年下，起早走路的客人多，都有事。他们大概可以一站一站地赶，十多里，二三十里，赶到小客栈里给客人解闷去，他们多半会这么着的。封了河不是第一次，路真不好走。一个人走起来更苦，他们其实可以结成伴。——哈，他们可以结婚！

这我想过不止一次了，我颇有为他们做媒之意。"结婚"，哈！但是他们一起过日子很不错，同是天涯沦落人，彼此有个照应。可是怪，同在一路，同在一条船上卖唱，他们好像并没有同类意识，见了面没有看他们招呼过，谈话中也未见彼此提起过，简直不认识似的。不会，认识是当然认识的。利害相妨，同行妒忌？未必吧，他们之间没有竞争。

男的鸦片抽成了精，没有几年好活了，但是他机灵，活络得多，也皮赖，一定得的钱较多。女的可以送他葬，到时候有个人哭他，买一陌纸钱烧给他。——你是不是想男的可以戒烟，戒了烟身体好起来，不喝酒，不赌钱，做两件新蓝布大褂，成个家，立个业，好好过日子，同偕到老？小孩子！小孩子！——不，就是在一个土地庙神龛鬼脚下安身也行，总有一点温暖的。——说不定他们还会生个孩子。

现在，他们一定结伴而行了，在大风雪中挨着冻饿，挨着鸦片烟，十里二十里地往前赶一家一家的小客栈了。小客栈里咸菜辣椒煮小鲫鱼一盘一盘地冒着热气，冒着香，锅里一锅白米饭。——今天米价是多少？一百八？

下来一半（路程）了吧？天气好，风平浪静。

他们不会结婚，从来没有想到这个上头去过。这个鸦片鬼不需要女人，这个女人没有人要。别看这个鸦片鬼，他要也才不要这个女人！他骨干肢体毁蚀了，走了样，可是本来还不错的，还起原来很有股子潇洒劲儿。那样的身段是能欣赏女人的身段，懂得风情的身段。这个女人没有女人味儿！鸦片鬼老是一段《活捉张三郎》，挤眉瞪眼，伸头缩脖子，夸张，恶俗，猥亵，下流极了。没法子。他要抽鸦片。可是要是没法子不听还是宁可听他吧。他聪明，他用两只竹筷叮叮当当敲一个青花五寸盘子，敲得可是神极了，溅跳洒泼，快慢自如，有声有势，活的一样。他很有点才气，适于干这一行的，他懂。那个黑麻子女人拖把胡琴唱"你把那，冤枉事勒欧欧欧欧欧欧欧……"实在不敢领教。或者，更坏，不知哪里学来的一段《黑风帕》。这个该死的蠢女人！

他们禀赋各异，玩意儿不同，凑不到一起去。

真不大像是——这女孩子配不上他父亲，——还不错，不算难看，气派好，庄静稳重，不轻浮，现在她接她父亲的口唱了。

有熟人懂得各种曲子的要问问他，他们唱的这种叫什么调子。这其实应当说是一种戏文，用的是代言体，上台彩扮大概不成罢，声调过于逶迤漫长了。虽是两人递接着唱，但并非对口，唱了半天，仍是一个人口吻。全是抒情，没有情节。事实自《红楼梦》敷衍而出，黛玉委委屈屈向宝玉倾诉心事。每一段末尾长呼"我的宝哥哥儿来"，可是唱得含蓄低婉，居然并不觉得刺耳。颇有人细细地听，凝着神，安安静静，脸上恻恻的，身体各部松弛解放下来，气息深深，偶然舒一舒胸，长长透一口气，纸烟灰烧出一长段，跌落在衣襟上，碎了，这才霍然如梦如醒。有人低语：

"他的眼睛——"

"盲人，雀盲。"

"哦——"

进门站下来的时候就觉得，他眼睛有点特别，空空落落，不大有光彩，不流动。可是他女儿没有进来之先他向舱门外望了一眼，他一扬头，样子不像瞎眼的人。瞎眼人脸上都有一种焦急愤恨，眼角嘴角大都要变形的，雀盲尤其自卑，扭扭捏捏，藏藏躲躲，他没有，他脸上恬静平和极了。他应当是生下来就双眼不通，不会是半途上瞎的。

女孩子唱得还不如她父亲。——听是还可以听。

这段曲子本来跟多数民间流行曲子一样，除了感伤，剩下就没有什么东西了，可是他唱得感伤也感伤，一点都不厉害。唱得深极了，远极了，素雅极了，醇极了，细运轻输，不枝不蔓，舒服极了。他唱的时候没有一处摇摆动晃，脸上都不大变样子，只有眉眼间略略有点凄愁，像是在深深思念之中，不像在唱。——啊不，是在唱，他全身都在低唱，没有哪一处是涣散叛离的。他唱得真低，然而不枯，不弱，声声匀调，字字透达，听得清楚分明极了，每一句，轻轻地拍一板，一段，连拍三四下。女儿所唱，格韵虽较一般为高，但是听起来薄，松，含糊，嫩嫩的，她是受她父亲的影响，模仿父亲而没有得其精华神髓，她尽量压减洗涤她的噪音里的野性和俗气，可是她的生命不能与那个形式蕴合，她年纪究竟轻，而且性格不够。她不能沉湎，她心不专，她唱，她自己不听。她没有想跳出这个生活，她是个老实孩子。老实孩子，但不是没有一些片片段段的事情足以教她分心，教她不能全神贯注，入乎其中。

她有十七八岁了吧？有啰，可能还要大一点。样子还不难看。脸宽宽的，鼻子有一点塌，眼睛分得很开。搽了一点脂粉，胭脂颜色不好，桃红的。头发修得很齐，梳得光光的，稍微平板了一点，前面一个发卷于是显得像个筒子，跟后面头发有点不能相连属。腰身粗粗的，眼前还不要紧，千万不能再胖。站着能够稳稳的，腿分得不太开，脚不乱动，上身不扭，然而不僵，就算难得的了。她的态度救了她的相貌不少。她神色间有点疲倦，一种心理的疲倦。——她有了人家没有？一件黑底小红碎花布棉袍，青鞋，线袜，干干净净。——又是父亲了，他们轮着来。她唱得比较少，大概是父亲唱两段，女儿唱一段。

天气真好，简直没有什么风。船行得稳极了。

谁把茶壶跟茶杯挨近着放，船震，轻轻地碜出瓷的声音，细细的，像个金铃子叫。——哎呀，叫得有点烦人！心里不舒服，觉得恶心。——好了，平息了，心上一点霉斑。——让它叫去吧，不去管它。

是不是这么分的，一个两段，一个一段？这么分法有什么理由？要是倒过来，——现在这么听着挺合适，要是女儿唱两段父亲唱一段呢，这个布局想象得出么？打个比方，就像两种花色编结起来的连续花边，两朵蓝的，间有一朵绿的，（紫的，黄的，银红的，杂色的，）如果改成两朵绿的一朵蓝的呢？……什么蓝的绿的，不像！干什么用比喻呢，比喻不伦！——有没有女儿两段父亲一段的时候？——分开来唱四段比连着唱三段省力。——两个人比一个人唱好，有变化，不单调，起来复舒卷感，像花边。——比喻是个陷阱，还是摔不开！——接口接得真好，一点不露痕迹，没有夺占，没有缝隙，水流云驻，叶落花开，相契莫逆，自自在在，当他末一声的有余将尽，她的第一字恰恰出口，不颔首，不送目，不轻轻咳嗽，看不出一点点暗示和预备的动作。

他们并排站着，稍有一段距离。他们是父女，是师徒，也还是同伴。她唱得比较少，可是并不就是附属陪衬。她并不多余，在她唱的时候她也是独当一面，她有她的机会，他并不完全笼罩了她，他们之间有的是平等，合作时不可少的平等。这种平等不是力求，故不露暴，于是更圆满了。——真的平等不包含争取。父亲唱的时候女儿闲着，她手里没有一样东西，可是她能那么安详！她垂手直身，大方窈窕，有时稍稍回首，看她父亲一眼，看他的侧面，他的手，他的下颚，他的檀板，她的眼睛是一个合作的女儿的眼睛。——她脚下不动。

他自己唱的时候他拍板，女儿唱的时候他为女儿拍板，他从头没有离开过曲子一步。他为女儿拍板时也跟为自己拍板时一样。好像他女儿唱的时候有两起声音，一起直接散出去，一起流过他，再出去。不，这两条路亦分亦合，还有一条路，不管是他和她所发的声音都似乎不是从这里，不是由这两个人，不是在我们眼前这个方寸之地传来的，不复是一个现实，这两个声音本身已经连成一个单位。——不是连成，本是一体，如藕于花，如花于镜，无所凭借，亦无着落，在虚空中，在天地水土之间。……

女孩子眼睛里看见什么了？一个客人袖子带翻了一只茶杯，残茶流出来，渐成一线，伸过去，伸过去，快要到那个纸包了，——纸包里是什么东西？——嘻，好了，桌子有一条缝，茶透到缝里去了。——还没有，——还没有——滴下来了！这种茶杯底子太小，不稳，轻轻一偏就倒了。她一边看，一边唱，唱完了，还在看，不知是不是觉得有人看出了，有点不好意思，微低了头，面色肃然。——有人悄悄地把放在桌上的香烟火柴放回口袋里，快到了吧？对岸山浅浅的一抹。他唱完了这一段大概还有一段，由他开头，也由他收尾。

完了，可是这次好像只有一段？女儿走下来收钱，他还是等在那儿。他收起檀板，敛手垂袖而立，温文恭谨，含情脉脉，跟进来时候一样。

他样子真好极了。人高高的，各部分都称配，均衡，可是并不伟岸，周身一种说不出来的优雅高贵。稍稍有点衰弱，还好，还看不出有病苦的痕迹。总五十岁左右了。……今天是……十三，过了年才这么几天，风吹着已经似乎不同了。——他是理了发过的年罢，发根长短正合适。梳得妥妥帖帖，大大方方。头发还看不出有白的。——他不能自己修脸吧？也还好，并不惨厉，而且稍微有点荫翳于他正相宜，这是他的本来面目，太光滑了就不大像他了。他脸上轮廓清晰而固定，不易为光暗影响改变。手指白白皙皙，指甲修得齐齐的。——干净极了！一眼看去就觉得他的干净。可是干净得近人情，干净得教人舒服，不萧索，不干燥，不冷，不那么兢兢翼翼，时刻提防，觉得到处都脏，碰不得似的。一件灰色棉袍，剪裁得合身极了。布的。——看上去料子像很好？——是布的。不单是袍子，里面衬得每一件衣裤也一定都舒舒齐齐，不破，不脏，没有气味，不窝囊着，不扯起来，口袋纽子都不残缺，一件套着一件，一层投着一层，袖口一样长短，领子差不多高低，边对边，缝对缝。……还很新，是去年冬天做的。——袍子似乎太厚了一点，有点臃肿，减少了他的挺拔。——不，你看他的腮，他真该穿得暖些啊。他的胸，他的背，他的腰肋，都暖洋洋的，他全身正在领受着一重丰厚的暖意，——一脉近于叹息的柔情在他的脸上。

　　她顺着次序走过一个一个旅客，不说一句话，伸出她的手，坦率，无邪，不局促，不扭呢，不争多较少，不泼辣，不蘑菇，规规矩矩老老实实。——这女孩子实在不怎么好看，她鼻子底下有颗痣。都给的。——有一两个，她没有走近，看样子他也许没有，然而她态度中并无轻蔑之意，不让人不安。有的脸背着，或低头扣好皮箱的锁，她轻轻在袖子上拉一拉。——真怪，这样一个动作中居然都不包含一点卖弄风情，没有一点冒昧。被拉得并不嗔怪，不声不响，掏出钱来给她。——有人看着他，他脸一红，想分辩，我不是——是的，你忙着有事，不是规避，谁说你小气的呢，瞧瞧你这样的人，像什么，——于是两人脸上似笑非笑一下，眼光各向一个方向挪去。——这两个人说不定有机会认识，他们老早谈过话了。——在澡堂里，饭馆里，街上，隔若干日子，碰着了，他们有招呼之意，可是匆匆错过了，回来，也许他们会想，这个人好面熟，那里见过的？——大概想不出究竟是那里见过的了吧？——人应当记日记。——给的钱上下都差不多，这也好像有个行情，有个适当得体的数目，切合自己生活，也不触犯整个社会。这玩意儿真不易，够学的！过到老，学不了，学的就是这种东西？这是老练，是人生经验，是贾宝玉反对的学问文章，我的老天爷！——这一位，没有零的，掏出来一张两万关金券，一时张皇极了，没有主意，连忙往她手里一搁，心直跳，转过身来伏在船窗上看江水，他简直像大街上摔了一大跤。——哎，别急，没有关系。——差不多全给的。然而送给舱里任何一位一定没有人要，一点不是一个可羡慕的数目。——上海正发行房屋奖券，这里头一定有人买的，就快开奖了，你见过设计图样吗？——从前用铜子，卖唱的多用一个小藤册子接钱，投进去磬磬的响。

都收了，她回去，走近她父亲，——她第一次靠着她父亲，伸一个手给他，拉着他，她在前，他在后，一步一步走出去了。他是个盲人。——我这才真正地觉得他瞎，看到他眼睛看不见，十分地动了心。他的一切声容动静都归纳摄收在这最后的一瞥，造成一个印象，完足，简赅，具体。他走了，可是印象留下来。——他们是父女，无条件的，永远的，没有一丝缝隙的亲骨肉。不，她简直是他的母亲啊！他们走了。……

"他们一天能得多少钱？"

"也不多——轮渡一天来回才开几趟。夏天好，夏天晚上还有人叫到家里唱。"

"那他们穿的？"

"哎——"

船平平稳稳地行进，太阳光照在船上，船在柔软的江水上。机器的震动均匀而有力，充满健康，充满自信。舱壁上几道水影的反光晃荡。船上安静极了，有秩序极了。——忽然乱起来，像一个灾难，一个麻袋挣裂了，滚出各种果实。一个脚夫像天神似的跳到舱里。——到了，下午两点钟。

# 熟　藕

**刘**小红长得很好看，大眼睛，很聪明，一街的人都喜欢她。

这里已经是东街的街尾，店铺和人家都少了。比较大的店是一家酱园，坐北朝南。这家卖一种酒，叫佛手曲。一个很大的方玻璃缸，里面用几个佛手泡了白酒，颜色微黄，似乎从玻璃缸外就能闻到酒香。酱菜里有一种麒麟菜，即石花菜。不贵，有两个烧饼的钱就可以买一小堆，包在荷叶里。麒麟菜是脆的，半透明，不很咸，白嘴就可以吃。孩子买了，一边走，一边吃，到了家已经吃得差不多了。

酱园对面是周麻子的果子摊。其实没有什么贵重的果子，不过就是甘蔗（去皮，切段）；荸荠（削去皮，用竹签串成串，泡在清水里）。再就是百合、山药。

周麻子的水果摊隔壁是杨家香店。

杨家香店的斜对面，隔着两家人家，是周家南货店，亦称杂货店。这家卖的东西真杂。红蜡烛。一个师傅把烛芯在一口锅里一支一支"蘸"出来，一排一排在房椽子上风干。蜡烛有大有小，大的一对一斤，叫作"大八"。小的只有指头粗，叫作"小牙"。纸钱。一个师傅用木槌凿子在一沓染黄了的"毛长纸"上凿出一溜溜的铜钱窟窿，是烧给死人的。明矾。这地方吃河水，河水浑，要用矾澄清了。炸油条也短不了用矾。碱块。这地方洗大件的衣被都用碱，小件的才用肥皂。浆衣服用的浆面——芡实磨粉晒干。另外在小缸里还装有白糖、红糖、冰糖，南枣、红枣、蜜枣，桂圆、荔枝干、金橘饼，山楂，老板一天说不了几句话，跟人很少来往，见人很少打招呼，有点不近人情。他生活节省，每天青菜豆腐汤。有客人（他也还有一些生意上的客人）来，不敬烟，不上点心，连茶叶都不买一包，只是白开水一杯。因此有人从《百家姓》上摘了四个字，作为他的外号："白水窦章"，白水窦章除了做生意，写账，没有什么别的事。不看戏，不听说书，不打牌，一天只是用一副骨牌"打通关"，抱着一只很肥的玳瑁猫。他并不喜欢猫。是猫避鼠。他养猫是怕老鼠偷吃蜡烛油。打通关打累了，他伸一个懒腰，走到门口闲看。看来往行人，看狗，看碾坊放着青回来的骡马，看乡下人赶到湖西歇伏的水牛，看对面店铺里买东西的顾客。

周家南货店对面是一家绒线店，是刘小红家开的。绒线店卖丝线、花边、绦子，还有一种扁窄上了浆的纱条，叫作"鳝鱼骨子"，是捆扎东西用的。绒线店卖这些东西不用尺量，而是在柜台边刻出一些道道，用手拉长了这些东西在刻出的道道上比一比。刘小红的父亲一天就是比这些道道，一面口中报出尺数："一尺、二尺、三尺……"绒线店还带卖梳头油、刨花（抿头发用）、雪花膏。还有一种极细的铜丝，是穿珠花用的，就叫作"花丝"。刘小红每学期装饰教室扎纸花，都从家里带了一箍花丝去。

刘老板夫妇就这么一个女儿，娇惯得不行，要什么给什么，给她的零花钱也很宽松。刘小红从小爱吃零嘴，这条街上的零食她都吃遍了。

但是她最爱吃的是熟藕。

正对刘家绒线店是一个土地祠。土地祠厢房住着王老，卖熟藕。王老无儿无女，孤身一人，一辈子卖熟藕。全城只有他一个人卖熟藕，谁想吃熟藕，都得来跟王老买。煮熟藕很费时间，一锅藕得用微火煮七八小时，这样才煮得透，吃起来满口藕香。王老夜里煮藕，白天卖，睡得很少。他的煮藕的锅灶就安在刘家绒线店门外右侧。

小红很爱吃王老的熟藕，几乎每天上学都要买一节，一边走，一边吃。

小红十一岁上得了一次伤寒，吃了很多药都不见效。她在床上躺了二十多天，街坊们都来看过她。她吃不下东西。王老到南货店买了蜜枣、金橘饼、山楂糕给送来，她都不吃，摇头。躺了二十多天，小脸都瘦长了，妈妈非常心疼。一天，她忽然叫妈：

"妈！我饿了，想吃东西。"

妈赶紧问：

"想吃什么？给你下一碗饺面？"

小红摇头。

"冲一碗焦屑？"

小红摇头。

"熬一碗稀粥，就麒麟菜？"

小红摇头。

"那你想吃什么？"

"熟藕。"

那还不好办！小红妈拿了一个大碗去找王老，王老说：

"熟藕？吃得！她的病好了！"

王老挑了两节煮得透透的粗藕给小红送去。小红几口就吃了一节，妈忙说："慢点！慢点！不要吃得那么急！"

小红吃了熟藕，躺下来，睡着了。出了一身透汗，觉得浑身轻松。

小孩子复原得快，休息了一个星期，就蹦蹦跳跳去上学了，手里还是捧了一节熟藕。

日子过得真快，转眼小红二十了，出嫁了。

婆家姓翟，也是开绒线店的。翟家绒线店开在北市口。北市口是个热闹地方，翟家生意很好。丈夫原是小红的小学同学，还做了两年同桌，对小红也很好。

北市口离东街不远，小红隔几天就回娘家看看，帮王老拆洗拆洗衣裳。

王老轻声问小红：

"有了没有？"

小红红着脸说："有了。"

"一定会是个白胖小子！"

"托您的福！"

王老死了。

早上来买熟藕的看看，一锅煮熟藕，还是温热的，可是不见王老来做生意。推开门看看，王老不知什么时候已经断了气。

小红正在坐月子，来不了。她叫丈夫到周家南货店送了一对"大八"，到杨家香店"请"了三股香，叫他在王老灵前点一点，叫他给王老磕三个头，算是替她磕的。

王老死了，全城再没有第二个人卖熟藕。

但是煮熟藕的香味是永远存在的。

# 故人往事

## 收字纸的老人

中国人对于字有一种特殊的崇拜心理，认为字是神圣的。有字的纸是不能随便抛掷的。亵渎了字纸，会遭到天谴。因此，家家都有一个字纸篓。这是一个小口、宽肩的扁篓子，竹篾为胎，外糊白纸，正面竖贴着一条二寸来宽的红纸，写着四个正楷的黑字："敬惜字纸"。字纸篓都挂在一个尊贵的地方，一般都在堂屋里家神菩萨的神案的一侧。隔十天半月，字纸篓快满了，就由收字纸的收去。这个收字纸的姓白，大人小孩都叫他老白。他上岁数了，身体却很好。满腮的白胡子茬，衬得他的脸色异常红润。眼不花，耳不聋。走起路来，腿脚还很轻快。他背着一个大竹筐，推门走进相熟的人家，到堂屋里把字纸倒在竹筐里，转身就走，并不惊动主人。有时遇见主人正在堂屋里，也说说话，问问老太爷的病好些了没有，小少爷快该上学了吧……

他把这些字纸背到文昌阁去，烧掉。

文昌阁的地点很偏僻，在东郊，一条小河的旁边，一座比较大的灰黑色的四合院。叫作阁，其实并没有什么阁。正面三间朝北的平房，砖墙瓦顶，北墙上挂了一幅大立轴，上书"文昌帝君之神位"，纸色已经发黑。香案上有一副锡制的香炉烛台。除此之外，一无所有，显得空荡荡的。这文昌帝君不知算是什么神，只知道他原先也是人，读书人，曾经连续做过十七世士大夫，不知道怎么又变成了"帝君"。他是司文运的。更具体地说，是掌握读书人的功名的。谁该有什么功名，都由他决定。因此，读书人对他很崇敬。过去，每逢初一、十五，总有一些秀才或候补秀才到阁里来磕头。要是得了较高的功名，中了举，中了进士，就更得到文昌阁来拈香上供，感谢帝君恩德。科举时期，文昌阁在一县的士人心目中是占据很主要的位置的，后来，就冷落下来了。

正房两侧，各有两间厢房。西厢房是老白住的。他是看文昌阁的，也可以说是一个庙祝。东厢房存着一副《文昌帝君阴骘文》的书板。当中是一个颇大的院子，种着两棵柿子树。夏天一地浓荫，秋天满株黄柿。柿树之前，有一座一人多高的砖砌的方亭子，亭子的四壁各有一个脸盆大的圆洞。这便是烧化字纸的化纸炉。化纸炉设在文昌阁，顺理成章。老白收了字纸，便投在化纸炉里，点火焚烧。化纸炉四面通风，不大一会儿，就烧尽了。

老白孤身一人，日子好过。早先有人拈香上供，他可以得到赏钱。有时有人家拿几刀纸让老白代印《阴骘文》（印了送人，是一种积德的善举），也会送老白一点工钱。老白印了多次《阴骘文》，几乎能背下来了（他是识字的），开头是："帝君曰：吾一十七世为士大夫，身未尝虐民酷吏……"后来，也没有人来印《阴骘文》了，这副板子就闲在那里，落满了灰尘。不过老白还是饿不着的。他挨家收字纸，逢年过节，大家小户都会送他一点钱。端午节，有人家送他几个粽子；八月节，几个月饼；年下，给他二升米，一方咸肉。老白粗茶淡饭，怡然自得。化纸之后，关门独坐。门外长流水，日长如小年。

他有时也会想想县里的几个举人、进士到阁里来上供谢神的盛况。往事历历，如在目前。有一天夜里，他做了一个梦，李三老爷点了翰林，要到文昌阁拈香。旗锣伞扇，摆了二里长。他听见有人叫他："老白！老白！李三老爷来进香了，轿子已经到了螺蛳坝，你还不起来把正门开了！"老白一骨碌坐起来，愣怔了半天，才想起来三老爷已经死了好几年了。这李三老爷虽说点了翰林，人缘很不好，一县人背后都叫他李三麻子。

老白收了字纸，有时要抹平了看看（他怕万一有人家把房地契当字纸扔了，这种事曾经发生过）。近几年他收了一些字纸，却一个字都不认得。字横行如蚯蚓，还有些三角、圆圈、四方块。那是中学生的英文和几何的习题。他摇摇头，把这些练习本和别的字纸一同填进化纸炉烧了。孔夫子和欧几米德、纳斯菲尔于是同归于尽。

老白活到九十七岁，无疾而终。

# 花　瓶

这张汉是对门万顺酱园连家的一个亲戚兼食客，全名是张汉轩，大家都叫他张汉，大概觉得已经沦为食客，就不必"轩"了。此人有七十岁了，长得活脱像一个伏尔泰，一张尖脸，一个尖尖的鼻子。他年轻时在外地做过幕，走过很多地方，见多识广，什么都知道，是个百事通。说喝酒，他就能说出山东黄、状元红、莲花白……说喝茶，他就告诉你狮峰龙井、苏州的碧螺春，云南的"烤茶"是怎样在一个罐里烤的，福建的工夫茶的茶杯比酒盅还小，就是吃了一只炖肘子，也只能喝三杯，这茶太酽了。他熟读《子不语》《夜雨秋灯录》，能讲许多鬼狐故事。他还知道云南怎样放蛊，湘西怎样赶尸。他还亲眼见到过旱魃、僵尸、狐狸精，有时间，有地点，有鼻子有眼。三教九流，医卜星相，他全知道。他读过《麻衣神相》《柳庄神相》，会算"奇门遁甲""六壬课""灵棋经"。他总要快要到九点钟时才出现（白天不知道他干什么），他一来，大家精神为之一振，这一晚上就全听他一个人白话。

（旧作《异秉》）

张汉在保全堂药店讲过许多故事。有些故事平平淡淡，意思不大（尽管他说得神乎其神）。有些过于不经，使人难信。有一些却能使人留下强烈印象，日后还会时常想起。

下面就是他讲过的一个故事。

死生由命，富贵在天。不但是人，就是猫狗，也都有它的命。就是一件器物，什么时候毁坏，在它造出来的那一天，就已经注定了。

江西景德镇，有一个瓷器工人，专能制造各种精美瓷器。他造的瓷器，都很名贵。他同时又是个会算命的人。每回造出一件得意的瓷器，他就给这件瓷器算一个命。有一回，他造了一只花瓶。出窑之后，他都呆了：这是一件窑变，颜色极美，釉彩好像在不停地流动，光华夺目，变幻不定。这是他入窑之前完全没有想到的。他给这只花瓶也算了一个命。花瓶脱手之后，他就一直设法追踪这只宝器的下落。

过了若干年，这件花瓶数易其主，落到一家人家。当然是大户人家，而且是爱好古玩的收藏家。小户人家是收不起这样价值连城的花瓶的。

这位瓷器工人，访到了这家，等到了日子，敲门求见。主人出来，知是远道来客，问道："何事？"——"久闻府上收了一只窑变花瓶，我特意来看看。——我是造这只花瓶的工人。"主人见这人的行动有点离奇，但既是造花瓶的人，不便拒绝，便迎进客厅侍茶。

瓷器工人抬眼一看，花瓶摆在条案上，别来无恙。

主人好客，虽是富家，却不倨傲。他向瓷器工人讨教了一些有关烧窑挂釉的学问，并拿出几件宋元瓷器，请工人鉴赏。宾主二人，谈得很投机。

忽然听到唧一声，条案上的花瓶破了！主人大惊失色，跑过去捧起花瓶，跌着脚连声叫道："可惜！可惜！——好端端地，怎么会破了呢？"

瓷器工人不慌不忙，走了过去，接过花瓶，对主人说："不必惋惜。"他从瓶里摸出一根方头铁钉，并让主人向花瓶胎里看一看。只见瓶腹内用蓝釉烧着一行字：

某年月日时鼠斗落钉毁此瓶

这是一个迷信故事。这个故事当然是编出来的。不过编得很有情致。这比许多荒唐恐怖的迷信故事更能打动人，并且使人获得美感。一件瓷器的毁损，也都是前定的，这种宿命观念不可谓不深刻。这故事是谁编的？为什么要编出这样的故事？迷信当然不能提倡，但是宿命观念是久远而且牢固的，它将会在相当长的时间内，在中国人的思想里潜伏。人类只要还不能完全掌握自己的命运，迷信总还会存在。许多迷信故事应当收集起来，从某一方面说，这也是一宗文化遗产。

# 如意楼和得意楼

扬州人早上皮包水（上茶馆），晚上水包皮（上澡堂子）。扬八属（扬州所属八县）莫不如此，我们那个小县城就有不少茶楼。竺家巷是一条不很长，也不宽的巷子，巷口就有两家茶馆。一家叫如意楼，一家叫得意楼。两家茶馆斜对门。如意楼坐西朝东，得意楼坐东朝西。两家离得很近。下雨天，从这家到那家，三步就能跳过去。两家的楼上的茶客可以凭窗说话，不用大声，便能听得清清楚楚。如要隔楼敬烟，把烟盒轻轻一丢，对面便能接住。如意楼的老板姓胡，人称胡老板或胡老二。得意楼的老板姓吴，人称吴老板或吴老二。

上茶馆并不是专为喝茶。茶当然是要喝的。但主要是去吃点心。所以"上茶馆"又称"吃早茶"。"明天我请你吃早茶。"——"我的东，我的东！"——"我先说的，我先说的！"茶馆又是人们交际应酬的场所。摆酒请客，过于隆重。吃早茶则较为简便，所费不多。朋友小聚，店铺与行客洽谈生意，大都是上茶馆。间或也有为了房地纠纷到茶馆来"说事"的。有人居中调停，两下拉拢；有人仗义执言，明辨是非，有点类似江南的"吃讲茶"。上茶馆是我们那一带人生活里的重要项目，一个月里总要上几次茶馆。有人甚至是每天上茶馆的，熟识的茶馆里有他的常座和单独给他预备的茶壶。

扬州一带的点心是很讲究的，世称"川菜扬点"。我们那个县里茶馆的点心不如扬州富春那样的齐全，但是品目也不少。计有：

包子。这是主要的。包子是肉馅的（不像北方的包子往往掺了白菜或韭菜）。到了秋天，螃蟹下来的时候，则在包子嘴上加一撮蟹肉，谓之"加蟹"。我们那里的包子是不收口的。捏了褶子，留一个小圆洞，可以看到里面的馅。"加蟹"包子每一个的口上都可以看到一块通红的蟹黄，油汪汪的，逗引人们的食欲。野鸭肥壮时，有几家大茶馆卖野鸭馅的包子，一般茶馆没有。如意楼和得意楼都未卖过。

蒸饺。皮极薄，皮里一包汤汁。吃蒸饺须先咬破一小口，将汤汁吸去。吸时要小心，否则烫嘴。蒸饺也是肉馅，也可以加笋，——加切成米粒大的冬笋细末，则须于正价之外，另加笋钱。

烧卖。烧卖通常是糯米肉末为馅。别有一种"清糖菜"烧卖，乃以青菜煮至稀烂，菜叶菜梗，都已溶化，略无渣滓，少加一点盐，加大量的白糖、猪油，搅成糊状，用为馅。这种烧卖蒸熟后皮子是透明的，从外面可以看到里面碧绿的馅，故又谓之翡翠烧卖。

千层油糕。

糖油蝴蝶花卷。

蜂糖糕。

开花馒头。

在点心没有上桌之前，先喝茶，吃干丝，我们那里茶馆里吃点心都是现要，现包，现蒸，现吃。笼是小笼，一笼蒸十六只。不像北方用大笼蒸出一屉，拾在盘子里。因此要了点心，得等一会儿。喝茶、吃干丝的时候，也是聊天的时候，干丝是扬州镇江一带特有的东西。压得很紧的方块豆腐干，用快刀劈成薄片，再切为细丝，即为干丝。干丝有两种。一种是烫干丝，干丝在开水里烫后，加上好秋油、小磨麻油、金钩虾米、姜丝、青蒜末。上桌一拌，香气四溢。一种是煮干丝，乃以鸡汤煮成，加虾米、火腿。煮干丝较俗，不如烫干丝清爽。吃干丝必须喝浓茶。吃一筷干丝，呷一口茶，这样才能各有余味，相得益彰。有爱喝酒的，也能就干丝喝酒。早晨喝酒易醉。常言说："莫饮卯时酒，昏昏直至酉。"但是我们那里爱喝"卯酒"的人不少。这样喝茶、吃干丝，吃点心，一顿早茶要吃两个来小时。我们那里的人，过去的生活真是够悠闲的。——一九八一年我回乡一次，吃早茶的风气还有，但大家吃起来都是匆匆忙忙的了。恐怕原来的生活节奏也是需要变一变。

如意楼的生意很好。一大清早，小徒弟就把铺板卸了，把两口炉灶生起来，——一口烧开水，一口蒸包子，巷口就弥漫了带硫磺味道的煤烟。一个师傅剁馅。茶馆里剁馅都是在一个高齐人胸的粗大的木墩上剁。师傅站在一个方木块上，两手各执一把厚背的大刀，抡起胳膊，乒乒乓乓地剁。一个师傅就一张方桌边切干丝。另外三个师傅揉面。"打到的媳妇揉到的面"，包子皮有没有咬劲，全在揉。他们都很紧张，很专注，很卖力气。一天就这样开始了。

如意楼的胡二老板有三十五六了。他是个矮胖子，生得五短，但是很精神。双眼皮，大眼睛，满面红光，一头乌黑的短头发。他是个很勤勉的人。每天早起，店门才开，他即到店。各处巡视，尝尝肉馅咸淡，切开揉好的面，看看蜂窝眼的大小。我们那里包包子的面不能发得太大，不像北方的包子，过于暄腾，得发得只起小孔，谓之"小酵面"。这样才筋道，而且不会把汤汁渗进包子皮。然后，切下一小块面，在烧红的火叉上烙一烙，闻闻面香，看兑碱兑的合适不合适。其实师傅们调馅兑碱都已很有经验，准保咸淡适中，酸碱合度，不会有差。但是胡老二还是每天要视验一下，方才放心。然后，就坐下来和师傅们一同擀皮子、刮馅儿、包包子、烧卖、蒸饺……（他是学过这行手艺的，是城里最大的茶馆小蓬莱出身）茶馆的案子都是比较矮的，他一坐下，就好像短了半截。如意楼做点心的有三个人，连胡老二自己，四个。胡二老板坐在靠外的一张矮板凳上，为的是有熟客来时，好欠起屁股来打个招呼："您来啦！您请楼上坐！"客人点点头，就一步一步登上了楼梯。

胡老二在东街不算是财主，他自己总是很谦虚地说他的买卖本小利微，经不起风雨。他和开布店的、开药店的、开酱园的、开南货店的、开棉席店的……自然不能相比。他既是财东，又是要手艺的。他穿短衣时多，很少有穿了长衫，摇着扇子从街上走的时候。但是大家都知道他手里很足实，这些年正走旺字。屋里有金银，外面有戥秤。他一天卖了多少笼包子，下多少本，看多少利，本街的人是算得出来的。"如意楼"这块招牌不大，但是很亮堂。招牌下面缀着一个红布条，迎风飘摆。

相形之下，对面的得意楼就显得颇为暗淡。如意楼高朋满座，得意楼茶客不多。上得意楼的多是上城完粮的小乡绅、住在五湖居客栈外地人，本街的茶客少。有些是上了如意楼楼上一看，没有空座，才改主意上对面的。其实两家卖的东西差不多，但是大家都爱上如意楼，不爱上得意楼。这真是没有办法的事。

得意楼的老板吴老二有四十多了，是个细高条儿，疏眉细眼。他自己不会做点心的手艺，整天只是坐在账桌边写账，——其实茶馆是没有多少账好写的。见有人来，必起身为礼："楼上请！"然后扬声吆喝："上来×位！"这是招呼楼上的跑堂的。他倒是穿长衫的。账桌上放着一包哈德门香烟，不时点火抽一根，蹙着眉头想心事。

得意楼年年亏本，混不下去了。吴老二只好改弦更张，另辟蹊径。他把原来做包点的师傅辞了，请了一个厨子，茶馆改酒馆。旧店新开，不换招牌，还叫作得意楼。开张三天，半卖半送。鸡鸭鱼肉，煎炒烹炸，面饭两便，气象一新。同街店铺送了大红对子，道喜兼来尝新的络绎不绝，颇为热闹。过了不到二十天，就又冷落下来了。门前的桌案上摆了几盘煎熟了的鱼，看样子都不怎么新鲜。灶上的铁钩上挂了两只鸡，颜色灰白。纱橱里的猪肝、腰子，全都瘪塌塌地摊在盘子里。吴老二脱去了长衫，穿了短袄，系了一条白布围裙，从老板降格成了跑堂的了。他肩上搭了一条抹布，围裙的腰里别了一把筷子。——这不知是一种什么规矩，酒馆的跑堂的要把筷子别在腰里。这种规矩，别处似少见。他脚上有脚垫，又是"跺趾"——脚趾头撅着，走路不利索。他就这样一拐一拧地招呼座客。面色黄白，两眼无神，好像害了一种什么不易治疗的慢性病。

得意楼酒馆看来又要开不下去。一街的人都预言，用不了多久，就会关张的。

吴老二蹙着眉头想：我怎么就这么不走运呢？

他不知道，他的买卖开不好，原因就是他的精神萎靡。他老是这么拖拖沓沓，没精打采，吃茶吃饭的顾客，一看见他的呆滞的目光，就倒了胃口了。

一个人要兴旺发达，得有那么一点精气神。

一九八五年七月上旬作

# 小学同学

## 金国相

我时常想起金国相。他很可怜。不知道怎么传出来的，说金国相有尾巴。于是在第二节课下课后，常常有一群同学追他，要脱下他的裤子。金国相拼命逃。大家拼命追。操场、校园、厕所……金国相跑得很快，从来没有被追上、摁倒过。这样追了十分钟，直到第三节课铃响。学校的老师看见，也不管。我没有追过金国相。为什么要欺负人呢？那么多人欺负一个人！

金国相到底有没有尾巴？可能是有的。不然他为什么拼命逃？可能是他尾骨长出一节，不会是当真长了一根毛乎乎的尾巴。

金国相的样子有点蠢。头很大，眼睛也很大。两只很圆的眼睛，老是像瞪着。说话声音很粗。

他家很穷。父亲早死了，家里只有一个祖母，靠糊"骨子"（做鞋底用的袼褙）为生。把碎布浸湿，打一盆面糊，在门板上把碎布一层一层的拼起来，糊得实实的，成一个二尺宽、五六尺长的长方块，晒干后，揭下。只要是晴天，都看见老奶奶坐在一个小板凳上糊骨子。金国相家一般是不关门的，因为门板要用来糊骨子，因此从街上一眼可以看到他家的堂屋。堂屋里什么都没有，一张破桌子，几条板凳。

金国相家左邻是一个很小的石灰店，右邻是一个很小的炮仗店。这几家门面都不敞亮，不过金国相家特别的暗淡。

金国相家的对面是一个私塾。也还有人家愿意把孩子送到私塾念书，不上小学。私塾里有十几个学生。我们是读小学的，而且将来还会读中学、大学，对私塾看不起，放学后常常大摇大摆地走进去看看。教私塾的老先生也无可奈何。这位老先生样子很"古"。奇怪的是板壁上却挂了一张老夫妻俩的合影，而且是放大的。老先生用粗拙的字体在照片边廓题了一首诗，有两句我一直不忘：

诸君莫怨奁田少，

吃饭穿衣全靠他。

我当时就觉得这首诗很可笑。"奁田"的多少是老先生自己的事，与"诸君"有什么关系呢？

金国相为什么不就在对门读私塾，为什么要去读小学呢？

## 邱 麻 子

邱麻子当然是有个学名的，但是从一年级起，大家都叫他邱麻子。他又黑又麻。他上学上得晚，比我们要大好几岁，人也高出好多。每学期排座位，他总是最后一排，靠墙坐着。大家都不愿跟他一块玩，他也跟这些比他小好几岁的伢子玩不到一起去，他没有"好朋友"。我们那时每人都有一两个特别要好的同学。男生跟男生玩，女生跟女生玩。如果是亲戚或是邻居，男生和女生也可以一起玩。早上互相叫着一起到学校，晚上一同回家。邱麻子总是一个人来，一个人走。

三年级的时候，有一天上算术课，来的不是算术老师，是教务主任顾先生。顾先生阴沉着脸，拿了一把很大的戒尺。级长喊了"一——二——三"之后，顾先生怒喝了一声："邱××！到前面来！"邱麻子走到讲桌前站住。"伸出左手！"顾先生什么都不说，抡起戒尺就打。打得非常重。打得邱麻子嘴角牵动，一咧一咧的。一直打了半节课。同学们鸦雀无声。只见邱麻子的手掌肿得像发面馒头。邱麻子不哭，不叫喊，只是咧嘴。这不是处罚，简直是用刑。

后来知道是因为邱麻子"摸"了女生。

过了好些年，我才知道这叫"猥亵"。

邱麻子当然不知道这是"猥亵"。

连教导主任顾先生也不知道"猥亵"这个词。

邱麻子只是因为早熟，因为过早萌发的性意识，并且因为他的黑和麻，本能地做出这种事，没有谁能教唆过他。

邱麻子被学校开除了。

邱麻子家开了一座铁匠店。他父亲就是打铁的。邱麻子被开除后，学打铁。

他父亲掌小锤，他抡大锤。我们放了学，常常去看打铁。他父亲把一块铁放进炉里，邱麻子拉风箱。呼——嗒，呼——嗒……铁块烧红了，他父亲用钳子夹出来，搁在砧子上。他父亲用小锤一点，"叮"，他就使大锤砸在父亲点的地方，"当"。叮——当，叮——当。铁块颜色发紫了，他父亲把铁块放在炉里再烧。烧红了，夹出来，叮——当，叮——当，到了一件铁活快成形时，就不再需要大锤，只要由他父亲用小锤正面反面轻敲几下，"叮、叮、叮、叮"。"叮叮叮叮……"这是用小锤空击在铁砧上，表示这件铁活已经完成。

叮——当，叮——当，叮——当。

## 少年棺材匠

徐守廉家是开棺材店的。是北门外唯一的棺材店。

走过棺材店，总有一种很特殊的感觉。别的店铺都与"生"有关，所卖的东西是日用所需，棺材店却是和"死"联系在一起的。多数店铺在店堂里都设有椅凳茶几，熟人走过，可以进去歇歇脚，喝一杯茶，闲谈一阵，没有人会到棺材店去串门。别的店铺里很热闹。酱园从早到晚，买油的、买酱的、打酒的、买萝卜干酱莴苣的，川流不息。布店从早上九点钟到下午五六点钟，总有人靠着柜台挑布（没有人大清早去买布的；灯下买布，看不正颜色了）。米店中饭前、晚饭前有两次高潮。药店的"先生"照方抓药，顾客坐在椅子上等，因为中药有很多味，一味一味地用戥子戥，包，要费一点时间。绒线店里买丝线的、绦子的、二号针的、品青煮蓝的……络绎不绝。棺材店没法子热闹。北门外一天死不了一个人。一天死几个，更是少有。就是那年闹霍乱，死的人也不太多。棺材店过年是不贴春联的。如果贴，写什么字呢？"生意兴隆通四海，财源茂盛达三江"？

我和徐守廉很要好。他很聪明，功课很好，我常到他家的棺材店去玩。

棺材店没有柜台，当然更没有货橱货架，只有一张账桌，徐守廉的父亲坐在桌后的椅子里，用一副骨牌"打通关"。棺材店是不需要多少"先生"的，顾客很少，货品单一。有来看材的（这些"材"就靠西墙一具一具的摞着），徐守廉的父亲就放下骨牌接待。棺材是没有什么可挑选的，样子都是一样。价钱也是固定的。上等的、中等的、下等的薄皮材，自几十元、十几元至几块钱不等。也没有人去买棺材讨价还价。看定一种，交了钱，雇人抬了就走。买棺材不兴赊账，所以账目也就简单。

我去"玩",是去看棺材匠做棺材。棺材也要做得像口棺材的样子,不能做成一个长方的盒子。棺材板很厚。两边的板要一头大,一头小,要略略有点弧度,两边有相抱的意思;棺材盖尤其重要,棺材盖正面要略略隆起,棺材盖的里面要是一个"膛",稍拱起。做棺材的工具是一个长把,弯头,阔刃的家伙,叫作"锛"。棺材的各部分,是靠"锛"锛出来的(棺材板平放在地下)。老师傅锛起来非常准确。嚓! ——嚓,嚓,嚓——锛到底,削掉不必要的部分,略修几下,这块板就完全合尺寸。锛时是不弹墨线的,全凭眼力,凭手底下的功夫。一般木匠是不会做棺材的,这是另一门手艺。

棺材店里随时都喷发出新锛的杉木的香气。

徐守廉小学毕业没有升学,就在他家的棺材店里学做棺材的手艺。

我读完初中,徐守廉也差不多出师了。

我考上了高中,路过徐家棺材店,徐守廉正在熟练地锛板子。我叫他:

"徐守廉!"

"汪曾祺! 来!"

我心里想:"你为什么要当棺材匠呢?"话到嘴边,没有说出来。我觉得当棺材匠不好。为什么不好呢?我也说不出来。

# 蒌蒿薹子

小说《大淖记事》："春初水暖，沙洲上冒出很多紫红色的芦芽和灰绿色的蒌蒿，很快就是一片翠绿了。"我在书页下方加了一条注："蒌蒿是生于水边的野草，粗如笔管，有节，生狭长的小叶，初生二寸来高，叫作'蒌蒿薹子'，加肉炒食极清香。……"蒌蒿的蒌字，我小时不知怎么写，后来偶然看了一本什么书，才知道的。这个字音"吕"。我小学有一个同班同学，姓吕，我们就给他起了一个外号，叫"蒌蒿薹子"（蒌蒿薹子家开了一爿糖坊，小学毕业后未升学，我们看见他坐在糖坊里当小老板，觉得很滑稽）。

——《故乡的食物》

**真**对不起，我把我的这位同学的名字忘了，现在只能称他为蒌蒿薹子。我们小时候给人取外号，常常没有什么意义，"蒌蒿薹子"，只是因为他姓吕，和他的形貌没有关系。"糖坊"是制麦芽糖的。有一口很大的锅，直径差不多有一丈。隔几天就煮一锅大麦芽，整条街上都闻到熬麦芽的气味。麦芽怎么变成了糖，这过程我始终没弄清楚，只知道要费很长时间。制出来的糖就是北京叫作关东糖的那种糖。有的做成直径尺半许的一个圆饼，肩挑的小贩趸去。或用钱买，或用鸭毛破布来换，都可以。用一个刨刀形的铁片楔入糖边，用小铁锤一敲，丁的一声就敲下一块。云南叫这种糖叫"丁丁糖"。蒌蒿薹子家不卖这种糖，门市只卖做成小烧饼状的糖饼。有时还卖把麦芽糖拉出小孔，切成二寸长的一段一段，孔里灌了豆面，外面滚了芝麻的"灌香糖"。吃糖饼的人很少，这东西很硬，咬一口，不小心能把门牙齿扳下来。灌香糖买的人也不多。因此照料门市，只要一个人就够了。原来看店堂的是他的父亲，蒌蒿薹子小学毕了业，就由他接替了。每年只有进腊月二十边上，糖坊才红火热闹几天。家家都要买糖饼祭灶，叫作"灶糖"，不少人家一买买一摞，由大至小，摞成宝塔。全城只有这一家糖坊，买灶饼糖的人挤不动。四乡八镇还有来批趸的。糖坊一年，就靠这几天的生意赚钱。这几天，蒌蒿薹子显得很忙碌，很兴奋。他的已经"退居二线"的父亲也一起出动。过了这几天，糖坊又归于清淡。蒌蒿薹子可以在店堂里"坐"着，或抄了两手在大糖锅前踱来踱去。

蒌蒿薹子是我们的同学里最没有野心，最没有幻想，最安分知足的。虚岁二十，就结了婚。隔一年，得了一个儿子。而且，那么早就发胖了。

## 王　居

我所以记得王居，一是我觉得王居这个名字很好玩，——有什么好玩呢？说不出个道理；二是，他有个毛病，上体育的时候，齐步走，一顺边，——左手左脚一齐出，右手右脚一齐出。

王居家是开豆腐店的，豆腐店是不大的买卖。北门外共有三家豆腐店。一家马家豆腐店，一家顾家豆腐店，都穷，房屋残破，用具发黑。顾家豆腐店因为顾老头有一个很风流的女儿而为人所知（关于她，是可以写一篇小说的）。只有王居家的"王记豆腐店"却显得气象兴旺。磨浆的磨子、卖浆的锅、吊浆的布兜，都干干净净。盛豆腐的木格刷洗得露出木丝。什么东西都好像是新置的。王居的父亲精精神神，母亲也是随时都是光梳头，净洗脸，衣履整齐。王家做出来的豆腐比别家的白、细，百叶薄如高丽纸，豆腐皮无一张破损。"王记"豆腐方干齐整紧细，有韧性，切"干丝"最好，北城几家茶馆，五柳园、小蓬莱、胡小楼，常年到"王记"买豆腐干。因此街邻们议论：小买卖发大财。

一个豆腐店，"发"也发不到哪里去。但是王居小学毕业后读了初中。我们同了九年学。王居上了初中，还是改不了他那老毛病，齐步走，一顺边。

王居初中毕业后，是否升学读了高中，我就不清楚了。

# 昙花、鹤和鬼火

邻居夏老人送给李小龙一盆昙花。昙花在这一带是很少见的。夏老人很会养花，什么花都有。李小龙很小就听说过"昙花一现"。夏老人指给他看："这就是昙花。"李小龙欢欢喜喜地把花抱回来了。他的心欢喜得咚咚地跳。

李小龙给它浇水，松土。白天搬到屋外。晚上搬进屋里，放在床前的高茶几上。早上睁开眼第一件事便是看看他的昙花。放学回来，连书包都不放，先去看看昙花。

昙花长得很好，长出了好几片新叶，嫩绿嫩绿的。

李小龙盼着昙花开。

昙花苞了骨朵儿了!

李小龙上课不安心,他总是怕昙花在他不在家的时候开了。他听说昙花开无定时,说开就开了。

晚上,他睡得很晚,守着昙花。他听说昙花常常是夜晚开。

昙花就要开了。

昙花还没有开。

一天夜里,李小龙在梦里闻到一股醉人的香味。他忽然惊醒了:昙花开了!

李小龙一轱辘坐了起来,划根火柴,点亮了煤油灯:昙花真的开了!

李小龙好像在做梦。

昙花真美呀!雪白雪白的,白得像玉,像天上的云。花心淡黄,淡得像没有颜色,淡得真雅。她像一个睡醒的美人,正在舒展着她的肢体,一面呼出醉人的香气。啊呀,真香呀!香死了!

李小龙两手托着下巴,目不转睛地看着昙花。看了很久,很久。

他困了。他想就这样看它一夜,但是他困了。吹熄了灯,他睡了。一睡就睡着了。

睡着之后,他做了一个梦,梦见昙花开了。

于是李小龙有了两盆昙花。一盆在他的床前，一盆在他的梦里。

李小龙已经是中学生了。过了一个暑假，上初二了。

学校在东门里，原是一个道士观，叫赞化宫。李小龙的家在北门外东街。从李小龙家到中学可以走两条路。一条进北门走城里，一条走城外。李小龙上学的时候都是走城外，因为近得多。放学有时走城外，有时走城里。走城里是为了看热闹或是买纸笔，买糖果零吃。

从李小龙家的巷子出来，是越塘。越塘边经常停着一些粪船。那是乡下人上城来买粪的。李小龙小时候刚学会折纸手工时，常摺的便是"粪船"。其实这只纸船是空的，装什么都可以。小孩子因为常常看见这样的船装粪，就名之曰粪船了。

沿越塘的坡岸走上来，右边有几家种菜的。左边便是菜地。李小龙看见种菜的种青菜，种萝卜。看他们浇粪，浇水。种菜的用一个长把的水舀子舀满了水，手臂一挥舞，水就像扇面一样均匀地洒开了。青菜一天一个样，一天一天长高了，全都直直地立着，都很精神，很水灵。萝卜原来像菜，后来露出红红的"背儿"，就像萝卜了。他看见扁豆开花，扁豆结角了。看见芝麻。芝麻可不好看，直不棱挺，四方四棱的杆子，结了好些带小毛刺的蒴果。蒴果里就是芝麻粒了。"你就是芝麻呀！"李小龙过去没看见过芝麻。他觉得芝麻能榨油，给人吃，这非常神奇。

过了菜地，有一条不很宽的石头路。铺路的石头不整齐，大大小小，而且都是光滑的，圆乎乎的，不好走。人不好走，牛更不好走。李小龙常常看见一头牛的一只前腿或后腿的蹄子在圆石头上"霍——哒"一声滑了一下，——然而他没有看见牛滑得摔倒过。牛好像特别爱在这条路上拉屎。路上随时可以看见几堆牛屎。

石头路两侧各有两座牌坊，都是青石的。大小、模样都差不多。李小龙知道，这是贞节牌坊。谁也不知道这是谁家的，是为哪一个守节的寡妇立的。那么，这不是白立了吗？牌坊上有很多麻雀做窝。麻雀一天到晚叽叽喳喳地叫，好像是牌坊自己叽叽喳喳叫着似的。牌坊当然不会叫，石头是没有声音的。

石头路的东边是农田，两边是一片很大的苇荡子。苇荡子的尽头是一片乌蒙蒙的杂树林子。林子后面是善因寺。沿石头路往善因寺有一条小路，很少人走。李小龙有一次一个人走了一截，觉得怪瘆得慌。

春天，苇荡子里有很多蝌蚪，忙忙碌碌地甩着小尾巴。很快，就变成了小蛤蟆。小蛤蟆每天早上横过石头路乱蹦。你们干吗乱蹦，不好老实待着吗？小蛤蟆很快就成了大蛤蟆，咕呱乱叫！

走完石头路，是傅公桥。从东门绕过来的护城河往北，从北城绕过来的护城河往东，在河里汇合，流入澄子河。傅公桥正跨在汇流的浦上。这是一座洋松木桥。两根桥梁，上面横铺着立着的洋松木的扁方子，用巨大的铁螺丝固定在桥梁上。洋松扁方并不密接，每两方之间留着和扁方宽度相等的空隙。从桥上过，可以看见水从下面流。有时一团青草，一片破芦席片顺水漂过来，也看得见它们从桥下悠悠地漂过去。

李小龙从初一读到初二了，来来回回从桥上过，他已经过了多少次了？

为什么叫作傅公桥？傅公是谁？谁也不知道。

过了傅公桥，是一条很宽很平的大路，当地人把它叫作"马路"。走在这样很宽很平的大路上，是很痛快、很舒服的。

马路东，是一大片农田。这是"学田"。这片田因为可以直接以护城河引水灌溉，所以庄稼长得特别的好，每年的收成都是别处的田地比不了的。

李小龙看见过割稻子。看见过种麦子。春天，他爱下了马路，从麦子地里走，一直走到东门口。麦子还没有"起身"的时候，是不怕踩的，越踩越旺。麦子一天一天长高了。他掰下几粒青麦子，搓去外皮，放进嘴里嚼。他一辈子记得青麦子的清香甘美的味道。他看见过割麦子。看见过插秧。插秧是个大喜的日子，好比是娶媳妇，聘闺女。插秧的人总是精精神神的，脾气也特别温和。又忙碌，又从容，凡事有条有理。他们的眼睛里流动着对于粮食和土地的脉脉的深情。一天又一天，哈，稻子长得齐李小龙的腰了。不论是麦子，是稻子，挨着马路的地边的一排长得特别好。总有几丛长得又高又壮，比周围的稻麦高出好些。李小龙想，这大概是由于过路的行人曾经对着它撒过尿。小风吹着丰盛的庄稼的绿叶，沙沙地响，像一首遥远的、温柔的歌。李小龙在歌里欢快地走着……

李小龙有时候挨着庄稼地走，有时挨着河沿走。河对岸是一带黑黑的城墙，城墙垛子一个、一个、一个，整齐地排列着。城墙外面，有一溜墓地，长了好些狗尾巴草、扎蓬、苍耳和风播下来的旅生的芦秋。草丛里一定有很多蝈蝈，蝈蝈把它们的吵闹声音都送到河这边来了。下面，是护城河。随着上游水闸的启闭，河水有时大，有时小；有时急，有时慢。水急的时候，挨着岸边的水会倒流回去，李小龙觉得很奇怪。过路的大人告诉他：这叫"回溜"。水是从运河里流下来的，是浑水，颜色黄黄的。黑黑的城墙，碧绿的田地，白白的马路，黄黄的河水。

去年冬天，有一天，下大雪，李小龙一大早上学去，他发现河水是红颜色的！很红很红，红得像玫瑰花。李小龙想：也许是雪把河变红了。雪那样厚，雪把什么都盖成一片白，于是衬得河水是红的了。也许是河水自己这一天发红了。他捉摸不透。但是他千真万确看见了一条红水河。雪地上还没有人走过，李小龙独自一人，踏着积雪，他的脚踩得积雪咯吱咯吱地响。雪白雪白的原野上流着一条玫瑰红色的河，那样单纯，那样鲜明而奇特，这种景色，李小龙从来没有看见过，以后也没有看见过。

有一天早晨，李小龙看到一只鹤。秋天了，庄稼都收割了，扁豆和芝麻都拔了秧，树叶落了，芦苇都黄了，芦花雪白，人的眼界空阔了。空气非常凉爽。天空淡蓝淡蓝的，淡得像水。李小龙一抬头，看见天上飞着一只东西。鹤！他立刻知道，这是一只鹤。李小龙没有见过真的鹤，他只在画里见过，他自己还画过。不过，这的的确确是一只鹤。真奇怪，怎么会有一只鹤呢？这一带从来没有人家养过一只鹤，更不用说是野鹤了。然而这真是一只鹤呀！鹤沿着北边城墙的上空往东飞去。飞得很高，很慢，雪白的身子，雪白的翅膀，两只长腿伸在后面。李小龙看得很清楚，清楚极了！李小龙看得呆了。鹤是那样美，又教人觉得很凄凉。

鹤慢慢地飞着，飞过傅公桥的上空，渐渐地飞远了。

李小龙痴立在桥上。

李小龙多少年还忘不了那天的印象，忘不了那种难遇的凄凉的美，那只神秘的孤鹤。

李小龙后来长大了，到了很多地方，看到过很多鹤。

不，这都不是李小龙的那只鹤。

世界上的诗人们，你们能找到李小龙的鹤吗？


李小龙放学回家晚了。教图画手工的张先生给了他一个任务，让他刻一副竹子的对联。对联不大，只有三尺高。选一段好毛竹，一剖为二，刳去竹节，用砂纸和竹节草打磨光滑了，这就是一副对子。联文是很平常的：

惜花春起早

爱月夜眠迟


　　字是请善因寺的和尚石桥写的，写的是石鼓。因为李小龙上初一的时候就在家跟父亲学刻图章，已经刻了一年，张先生知道他懂得一点篆书的笔意，才把这副对子交给他刻。刻起来并不费事，把字的笔画的边廓刻深，再用刀把边线之间的竹皮铲平，见到"二青"就行了。不过竹皮很滑，竹面又是圆的，需要手劲。张先生怕他带来带去，把竹皮上墨书的字蹭模糊了，叫他就在自己的画室里刻。张先生的画室在一个小楼上。小楼在学校东北角，是赞化宫的遗物，原来大概是供吕洞宾的，很旧了。楼的三面都是紫竹，——紫竹在城里别处极少见，学生习惯就把这座楼叫成"紫竹楼"。李小龙每天下课后，上楼来刻一个字，刻完回家。已经刻了一个多星期了。这天就剩下"眠迟"两个字了，心想一气刻完得了，明天好填上石绿挂起来看看，就贪刻了一会儿。偏偏石鼓文体的"迟"字笔画又多，时间不知不觉就过去了。刻完了"迟"的"走之"，揉揉眼睛，一看：呀，天都黑了！而且听到隐隐的雷声，——要下雨了：赶紧走。他背起书包直奔东门。出了东门，听到东门外铁板桥下轰鸣震耳的水声，他有点犹豫了。

东门外是刑场（后来李小龙到过很多地方，发现别处的刑场都在西门外。按中国的传统观念，西方主杀，不知道这里的刑场为什么在东门外）。对着东门不远，有一片空地，空地上现在还有一些浅浅的圆坑，据说当初杀人就是让犯人跪在坑里，由背后向第三个颈椎的接缝处切一刀。现在不兴杀头了，枪毙犯人——当地叫作"铳人"，还是在这里。李小龙的同学有时上着课，听到街上犯人拉长音的凄惨的号声，就知道要铳人了。他们下了课赶去看，有时能看到尸首，有时看到地下一摊血。东门桥是全县唯一的一座铁板桥。桥下有闸。桥南桥北水位落差很大，河水倾跌下来，声音很吓人。当地人把这座桥叫作掉魂桥，说是临刑的犯人到了桥上，听到水声，魂就掉了。

李小龙犹豫了一下，还是走上铁板桥了。他的脚步踏得桥上的铁板当当地响。

天骤然黑下来了，雨云密集，天阴得很严。下了桥，他就掉在黑暗里。什么也看不见，只能看到一条灰白的痕迹，是马路；黑乎乎的一片，是稻田。好在这条路他走得很熟，闭着眼也能走到，不会掉到河里去，走吧！他听见河水哗哗地响，流得比平常好像更急。听见稻子的新秀的穗子摆动着，稻粒摩擦着发出细碎的声音。一个什么东西窜过马路！——大概是一只獾子。什么东西落进河水了，——"扑通"！他的脚清楚地感觉到脚下的路。一个圆形的浅坑，这是一个牛蹄印子，干了。谁在这里扔下一块西瓜皮！差点摔了我一跤！天上不时扯一个闪。青色的闪、金色的闪、紫色的闪。闪电照亮一块黑云，黑云翻滚着，绞扭着，像一个暴怒的人正在憋着一腔怒火。闪电照亮一棵小柳树，张牙舞爪，像一个妖怪。

李小龙走着，在黑暗里走着，一个人。他走得很快，比平常要快得多，真是"大步流星"，踏踏踏踏地走着。他听见自己的两只裤脚擦得刹刹地响。

一半沉着，一半害怕。

不太害怕。

刚下掉魂桥，走过刑场旁边时，头皮紧了一下，有点怕，以后就好了。

他甚至觉得有点豪迈。

快要到了。前面就是傅公桥。"行百里者半九十"，今天上国文课时他刚听高先生讲这句古文。

上了傅公桥，李小龙的脚步放慢了。

这是什么？

他从来没有看见过。

一道一道碧绿的光，在苇荡上。

李小龙知道，这是鬼火。他听说过。

绿光飞来飞去。它们飞舞着，一道道碧绿的抛物线。绿光飞得很慢，好像在呦呦地哭泣。忽然又飞快了，聚在一起；又散开了，好像又笑了，笑得那样轻。绿光纵横交错，织成一面疏网；忽然又飞向高处，落下来，像一道放慢了的喷泉。绿光在集会，在交谈。你们谈什么？……

李小龙真想多停一会儿，这些绿光多美呀！

但是李小龙没有停下来，说实在的，他还是有点紧张的。

但是他也没有跑。他知道他要是一跑，鬼火就会追上来。他在小学上自然课时就听老师讲过，"鬼火"不过是空气里的磷，在大雨将临的时候，磷就活跃起来。见到鬼火，要沉着，不能跑，一跑，把气流带动了，鬼火就会跟着你追。你跑得越快，它追得越紧。虽然明知道这是磷，是一种物质，不是什么"鬼火"，不过一群绿光追着你，还是怕人的。

李小龙用平常的速度轻轻地走着。

到了贞节牌坊跟前倒真的吓了他一跳！一条黑影，

迎面向他走来。是个人！这人碰到李小龙，大概也有点紧张，跟小龙擦身而过，头也不回，匆匆地走了。这个人，那么黑的天，他跑到马上要下大雨的田野里去干什么？

到了几户种菜人家的跟前，李小龙的心才真的落了下来。种菜人家的窗缝里漏出了灯光。

李小龙一口气跑到家里。刚进门，"哗——"大雨就下来了。

李小龙搬了一张小板凳，在灯光照不到的廊檐下，对着大雨倾注的空庭，一个人呆呆地想了半天。他要想想今天的印象。

李小龙想：我还是走回来了。我走在半道上没有想退回去。如果退回去，我就输了，输给黑暗，又输给了我自己。

李小龙回想着鬼火，他觉得鬼火很美。

李小龙看见过鬼火了，他又长大了一岁。

# 鲍团长

鲍团长是保卫团的团长。

保卫团是由商会出钱养着的一支小队伍。保卫什么人？保卫大商家和有钱有势的绅士大户人家，防备土匪进城抢劫。这支队伍样子很奇怪。说兵不是兵。他们也穿军装，打绑腿，可是军装绑腿既不是草绿色的，也不是灰色的，而是"海昌蓝"的。——也不像警察，警察的制服是黑的。叫作"团"，实际上只有一排人。多半是从各种杂牌军开小差下来的。他们的任务是每天晚上到大街小巷巡逻一遍。有时大户人家办红白喜事，鲍团长会派两个弟兄到门口去站岗。他们也出操，拔正步。拔正步对他们是没有什么意义的，因为他们从来不参加检阅。日常无事，就在团部擦枪。下雨天更是擦枪的日子。

保卫团的团部在承志桥。承志桥在承志河上。承志河由通湖桥流下来，向东汇入护城河，终年是有水的。承志桥是一座大桥。这座桥有点特别，上有瓦盖的顶，两边有"美人靠"——两条长板，板上设有有弧度的栏杆，可以倚靠，故名"美人靠"。这座桥下雨天可以躲雨，夏天可以乘凉。靠在"美人靠"上看桥下河水，是一种享受。桥上时常有卖熟荸荠的担子，卖花生糖、芝麻糖的挑子。桥之北有一家木厂，沿河堆了很多杉木。放学的孩子喜欢在杉木梢头跳跃，于杉木的弹动起落中得到快乐。木厂之西，是杨家巷。承志桥以南一带也统称为承志桥。保卫团的团部在承志桥的东面。原来是一个祠堂。房屋很宽敞。西面三大间是办公室。后墙贴着总理遗像，像边是"革命尚未成功，同志仍须努力"。总理遗像下是一张大办公桌。南北两边靠墙立着枪架子，二十来支汉阳造七九步枪整齐地站着。一边墙上有三支"二膛盒子"。

鲍团长名崇岳，山东掖县人，行伍出身。十几岁就投了张宗昌的部队。张宗昌被打垮了，他在孙传芳的"联军"里干了几年。孙传芳下野，他参加了国民革命军——这一带人称之为"党军"，屡升为营长。行军时可以骑马，有一个勤务兵。

他很少谈军旅生活，有时和熟朋友，比如杨宜之，茶余酒后，也聊一点有趣的事。比如：在战壕里也是可以抽大烟的。用一个小茶壶，把壶盖用洋蜡烛油焊住，壶盖上有一个小孔，就可以安烟泡，茶壶嘴便是烟枪，点一个小蜡烛头，——是烟灯。也可以喝酒。不少班排长背包里有一个"酒馒头"。把馒头在高粱酒里泡透，晒干；再泡，再晒干。没酒的时候，掰两片，在凉水里化开，这便是酒。杨宜之问他，听说张宗昌队伍里也有军歌：

三国战将勇，

首推赵子龙。

长坂坡前逞啊英雄。

还有张翼德，

黑头大脑壳……

鲍团长哈哈大笑，说："有！有！有！"

鲍崇岳怎么会到这个小县城来当一个保卫团长呢？他所在的那个团驻扎到这个县，在地方党政绅商的接风宴会上，意外地见到小时候一同读私塾的一个老同学，在县政府当秘书，他乡遇故，酒后畅谈。鲍崇岳表示，他对军队生活已经厌倦，希望找个地方清清静静地住下来，写写字。老同学说："这好办，你来当保卫团长。"老同学找商会会长王蕴之一说，王蕴之欣然同意，说："薪金按团长待遇。只是对鲍营长来说，太屈尊了。"老同学说："他这人，我知道，无所谓。"

王蕴之为什么欢迎鲍崇岳来当保卫团长呢？一来，保卫团的兵一向吊儿郎当，需要有人来管束；更重要的是：有他来，可以省掉商会乃至县政府的许多麻烦。这个县在运河岸边，过往的军队很多。鲍崇岳在军队上的朋友很多，有的是旧同事，有的是换帖的把兄弟，有的是在帮，都是安清门里的。鲍崇岳可以充当军队和地方的桥梁。过境或驻扎的军队要粮要草要供应，有鲍崇岳去拜望一下，叙叙旧，就可以少要一点。有点纠纷摩擦，鲍崇岳一张片子，就能大事化小。有鲍崇岳在，部队的营团长也不便纵任士兵胡作非为。鲍团长对保障地方的太平安静，实在起很大作用。因此，地方上的人对他很有好感，很尊敬。在这个小县城里，一个保卫团长也算是头面人物。

鲍团长的日子过得很潇洒，隔个三五天，他到团部来一次，泡一杯茶，翻翻这几天的新闻报、老申报，批几张报销条子，——所报的无非是擦枪油、棉丝，火伏买的芦柴、煤块、洋铁壶，到承志桥一带人家升起煮中饭的炊烟，就站起身来。值日班长喊了一声"立正"，他已经跨出保卫团部大门的麻石门槛。

鲍团长是个大块头，方肩膀，长方脸，方下巴。留一个一寸长短的平头，——当时这叫"陆军头"，很有军人风度，但是言谈举止温文尔雅。他是行伍出身，但在从军前读过几年私塾。塾师是个老秀才，能写北碑大字。鲍团长笔下通顺，函牍往来，不会闹笑话。受塾师影响，也爱写字。当地有人恭维他是"儒将"，鲍团长很谦虚地说："儒将，不敢当，俺是个老粗。"但是对这样的恭维，在心里颇有几分得意。

鲍团长平常不穿军服。他有一身马裤呢的军装，只有在重要场合，总理诞辰纪念会，与县党政绅商欢迎省里下来视察工作的厅长或委员的盛会上，才穿一次。他平常穿便衣，"小打扮"，上身是短袄（钉了很大的扣子），下身扎腿长裤。县里人私下议论，说这跟他在红帮有关系。杨宜之问过他："你是不是在红帮？"鲍崇岳不否认。杨宜之问："听说红帮提画眉笼，两个在帮的'盘道'，一个问'画眉吃什么？'——'吃肉'，立刻抽出一把攮子，卷起裤腿，三刀切出一块三角肉，扔给画眉，画眉接着，吧咋吧咋，就吃了，有没有这回事？"鲍崇岳说："瞎说！"鲍团长到绅士大户人家应酬宾客，穿长衫，还加一件马褂。

鲍团长在这个县待了十多年，和县里的绅士都有人情来往，马家——马士杰家、王家——王蕴之家、杨家……每逢这几家有喜丧寿庆，他是必到的。事前也必送一个幛子或一副对子，幛子、对联上是他自己写的"石门铭"体的大字。一个武人，能写这样的字，使人惊奇。杨宜之说："据我看，全县写'石门铭'的，除了王荫之，要数你。什么时候王大太爷回来，你把你的字送给他看看。"

杨家是世家大族。杨宜之的父亲十九岁就中了进士，做过两任知府。杨家所住的巷子就叫杨家巷。杨家巷北头高，南头低，坡度很大，拉黄包车的从北头来，得直冲下来。杨家北面地势高，叫作"高台子"。由平地上高台子要过三十级石阶。高台上有一座大厅，很敞亮，是杨宜之宴客的地方。每回宴客，杨宜之都给鲍团长送去知单。鲍团长早早就到了。鲍团长是杨宜之的棋友。开席前后，大厅里有两桌麻将。别人打麻将，杨宜之和鲍崇岳在大厅西边一间小书房里下围棋。有时牌局三缺一，杨宜之只好去凑一角，鲍崇岳就一个人摆《桃花谱》，或是翻看杨宜之所藏的碑帖。

鲍团长家住在咸宁庵。从承志桥到咸宁庵，杨家巷是必经之路。有时离团部早，就顺脚跨进杨家的高门槛——杨家的门槛特别高，过去杨家有大事，就把门槛拆掉，好进轿子——找杨宜之闲谈一会儿。鲍崇岳的老伴熏了狗肉，鲍崇岳就给杨宜之带去一块，两个人小酌一回。——这地方一般人是不吃狗肉的。

近三个月来，鲍崇岳遇到三件不痛快的事。

第一件：

鲍崇岳早就把家眷搬来了。他有一儿一女，儿子叫鲍亚璜，女儿叫鲍亚琮。鲍亚璜、鲍亚琮和杨宜之的女儿杨淑媛从小同学，同一所小学，同一所初中。杨淑媛和鲍亚琮是同班好朋友。鲍亚璜比她们高一班。鲍亚琮常到杨淑媛家去，一同做功课，玩。杨淑媛也常到鲍亚琮家去。她们有什么算术题不会做，就问鲍亚璜。鲍亚璜初中毕业，考取了外地的高中，就要离开这个县了。一天，他给杨淑媛写了一封情书。这件事鲍崇岳不知道。他到杨宜之家去，杨宜之拿出这封信，说："写这样的信，他们都太早了一点。"鲍崇岳看了信，很生气，说："这小子，我回去要好好教训他一顿！"杨宜之说：

"小孩子的事，不必认真。"杨宜之话说得很含蓄，很委婉，但是鲍崇岳从杨宜之的微笑中读出了言外之意：鲍家和杨家门第悬殊太大了！鲍团长觉得受了侮辱。从此，杨淑媛不再到鲍家来。鲍崇岳也很少到杨家去了。杨家有事，不得已，去应酬一下，不坐席。

第二件：

本县湖西有一个纨绔浮浪子弟，乘抗日军兴之机，拉起一支队伍，和顾祝同拉上关系，号称独立混成旅，在里下河一带活动。他的队伍开到县境，祸害本土，鱼肉乡民，敲诈勒索，无所不为。他行八，本地人都称之为"八舅太爷"。本地把蛮不讲理的人叫作舅太爷。商会会长王蕴之把鲍团长请去，希望他利用军伍前辈的身份，找八舅太爷规劝规劝。鲍团长这天特意穿了军装，到八舅太爷的旅部求见。门岗接了鲍团长的名片，说"请稍候"。不大一会儿，门岗把原片拿出来，说："旅长说：不见！"鲍崇岳一辈子没有碰过这样一鼻子灰，气得他一天没有吃饭。他这个老资格现在吃不开了。这么一点事都办不了，要他这个保卫团长干什么，他觉得愧对乡亲父老。

第三件：

本县有个大书法家王荫之，是商会会长王蕴之的长兄，人称之为大太爷。他写汉碑，专攻《石门铭》，他把《石门铭》和草书画在一起，创出一种"王荫之体"，书名满江南江北。鲍崇岳见过不少他的字，既遒劲，也妩媚，潇洒流畅，顾盼生姿，很佩服。他和无锡荣家是世交，常年住在无锡，荣家供养着他，梅园的不少联匾石刻都是他的手笔。他每年难得回本乡住一两个月。上个月，回乡来了。鲍崇岳拿了自己写的一卷字，托王蕴之转给大太爷看看，请大太爷指点指点。如果有缘识荆，亲聆教诲，尤为平生幸事。过了一个月，王荫之回无锡去了，把鲍崇岳的一卷字留给了王蕴之。鲍崇岳拆开一看，并无一字题识。鲍崇岳心里明白：王荫之看不起他的字。

鲍崇岳绕室徘徊，忽然意决，提笔给王蕴之写了一封信，请求辞去保卫团长。信送出后，他叫老伴摊几张煎饼，卷了大葱面酱，就着一碟酱狗肉，一包炒花生，喝了一斤高粱。既醉既饱，铺开一张六尺宣纸，写了一个大横幅，溶《石门铭》入行草，一笔到底，不少踟蹰，书体略似王荫之：

田彼南山

荒秽不治

种一顷豆

落而为萁

人生行乐耳

须富贵何时

 

    写罢掷笔，用摁钉按在壁上，反复看了几遍，很得意。

一九九二年十一月二十二日

# 塞下人物记

## 一、陈银娃

农民大都能赶车，但不是所有的农民都能当一个出色的车倌。

星期天，有三辆马车要到片石山去拉石头。我那天没有什么事，就提出跟他们的车到片石山看看。我在这个地方住了一年多了，每天上午十一点半，下午五点半，都听见片石山放炮。风雨无阻，准时不误。一直想去看看。片石山就是采石场。不知道为什么本地人都叫它片石山。

马车一进山，不由得人要挺挺胸脯，深吸一口气。这是个雄壮的地方。采石的山头已经劈去了半个，露出扇面一样的青灰色的石骨，间或有几条铁锈色蜿蜒的纹道。这石骨是第一次接触空气呀。人，是了不起的。一个老把式正在清除残石。放了炮，并不是所有的石头都崩落下来，有一些仍粘连在石壁上。老把式在腰里系了一根粗绳，绳头固定在山顶，他悬在半空，拿了一根钢钎，这里捅一下，那里戳一下，——轰隆！门板大的石块就从四五层楼那样的高处落到地面。

这是个石头的世界。到处是石头。

好些人在干活，搬运石头。他们把石头按大小块分别堆放。这些石头各有不同用处。大的可制碾盘、磨扇，重量都在千斤以上。有两个已经研好的石磨就在旁边搁着。中等的有四五百斤，可做阶石、刻墓碑。小块的二三十斤、四五十斤不等，砌墙，垒堤坝。搬运石头，没有工具。四五百斤，就是搁在后腰上背着，——有的垫一条麻袋。他们都是不出声地，慢慢地，一步一步地走着。不唱歌，也不喊号子。那么多的人在活动，可是山里静悄悄的。

三辆大车装满了石头，——都是小块的。下山的路，车走得很快。三辆三套大车，前后相跟，九匹马，三十六只马蹄，郭答郭答响成一片，很威风，很气派。忽然，头一辆车"误"住了。快到平地时，有一个坑。

前天下过雨，积水未干。不知道是谁，拿浮土把它垫了。上山是空车，不觉得。下山是重载，一下子崴在里面了。

车倌是个很精干，也很要强的小伙子。叭——叭！接连抽了几鞭子，——没上来。他跳下车，拿铁锹把胶皮轱辘前面的土铲去一些，上车又是几鞭子。"哦嗬！——咦哦嗬！"不顶！车倌的脸通红，"咳！"手里的鞭子抽得山响，辕马和拉套的马一齐努力，马蹄子乱响，噼里啪啦！噼里啪啦！还是不顶！越陷越深，车身歪得厉害，眼见得这辆车要"扣"。第二辆车上的是个老车倌，跳下来，到前面看了看，说："卸吧！"

这一车石头，卸下来，再装上，得多少时间？正在这时，第三辆上的车倌高声喊道："陈银娃来啦！"

我听人们说起过陈银娃，没见过。

陈银娃是个二十五六的小伙子，眉清目秀，穿了一副大红牡丹花的"腰子"，布衫搭在肩头。——这一带夏天一天温差很大，"早穿皮袄午穿纱"，男人们兴穿一种薄棉的紧身背心，叫作"腰子"。"腰子"的布料都很鲜艳。六七十岁的老汉也穿红的，年轻人就不用提了。像陈银娃穿的这件大红牡丹花的"腰子"，并非罕见。

老车倌跟银娃说了几句话。银娃看了看车上的石头，说："你们真敢装！这一车够四千八百斤！"又看了看三匹马，称赞道："好牲口！"然后掏出烟袋，点了一锅烟，说："牲口打毛了，它不知道往哪里使劲，让它缓一缓。"

三锅烟抽罢，他接过鞭子，腾地跳上车辕，甩了一个响鞭，"叭——！"三匹牲口的耳朵都竖得直直的。"喔嗬！"辕马的肌肉直颤。紧接着，他照着辕马的两肩之间狠抽了一鞭，辕马全身力量都集中在两只前腿上，往前猛力一蹬，挽套的马就势往前一冲，——车上来了。

他跳下车，把鞭子还给车倌。

三个车倌同声向他道谢，"哎！谢啥咧！"他已经走进了高粱地。只见他的黑黑的头发和大红牡丹花的"腰子"在油绿油绿的高粱丛中一闪一闪，走远了。

老车倌告诉我，陈银娃赶车是家传，他父亲就是一个有名的车倌。有人曾经跟他打赌：那人戴了一顶毡帽，银娃的父亲一鞭子抽过去，毡帽劈成了两半，那人的头皮却纹丝未动。

也有人说，没有那么回事。

# 二、王大力

小车站有个搬运队，有二十几个人。他们搬运的东西主要是片石山下来的石头。车站两边的月台上经常堆满了石料。他们每天要把四五百斤一块的石头，一块一块地背上火车去。他们也是那样不声不响地工作着，迈着稳稳的步子，一步一步走上月台和车厢之间的跳板。

他们的宿舍就在离车站不远的路边。夏天中午路过时，可以看到他们半躺在铺上休息，有的在抽烟。他们似乎在休息时也是不声不响的。

有时有一个女人上他们宿舍来。她带着一个包袱，打开来，把拆洗缝补好的衣服分送给几个人；又收走一些换下来的衣服。这个女人也不说话，也是那么不声不响的。搬运工人对她好像很尊重。她来了，躺着的就都坐起来。这女人有五十上下年纪。

有人告诉我，这是王大力的媳妇。

王大力也是个搬运工，前五年死了。

大家都叫他王大力，没有多少人知道他的真名字。

离车站二里有一个扬旗。扬旗对面有一座孤山头，人们就叫它孤山。——这一带的山都是当地人依山的形貌取的名字，如孤山、红山、马脊梁山。孤山不算很高，不过爬到山顶，周围几十里都看得清清楚楚。我曾经上去过。空着手也不能一口气走到山顶，当中总得歇一会儿。有人跟王大力打赌，问他能不能扛三麻袋绿豆一口气上山。粮食里最重的是绿豆。一麻袋绿豆二百七十斤。三麻袋，八百多斤。王大力一口气扛上去了，跟没事似的。

他吃两个人的饭，干三个人的活。

有一次，火车过了扬旗，已经拉了汽笛，王大力发现，轨道上有一堆杉篙，——不知道这是谁干的事。他二话没说，跳下月台，一手抓起一根，乒乒乓乓往月台上扔。最后一根杉篙扔上去，火车到了。他爬上月台，脱了力，瘫下来，死了。

火车一阵风似的开过去了，谁也不知道车站上发生过什么事。

他留下一个媳妇，一个儿子。现在，他原先的同伴共同养活着他的家属。他们按月凑齐了钱，给他的老伴送去。她就给这些搬运工缝缝补补，洗洗涮涮。

孤山下有两间矮矮的房子，碱土抹墙，青瓦盖顶，房顶上爬着瓜藤。有人指给我看："那就是王大力的家。"

人们每年都要念叨："王大力死了三年了""王大力死了四年了""王大力死了五年了"……

# 三、说话押韵的人

　　我要到宁远铁厂的仓库去办一点事，找一个捡粪的老人问路。他告诉我：起这里一直往东，穿过一片大叶桑树。多会儿看见地皮通红，不远就是铁厂仓库。我道了谢，往前走。忽然发现：嗯？这人说话是押韵的？

　　这人有六十开外年纪，还一点不显衰老。他是一个退休的工人，现在的任务是看守着一堆焦炭。这堆焦炭是大炼钢铁的时候存下来的。不老少，像一座小山。不知道为什么，一直不处理，也不运走，一直就在一片空地上放着。从夏天到冬天，一直放着。

　　他就在路边一间泥墙瓦顶的房子里住着，一个人。这间房子原是大炼钢铁时的指挥所，现在还可以看到贴在墙上的褪了色的标语。

　　他是个不安于闲坐的人，不常在家。但是你可以走进去，一切自便。门锁着，熟人都知道钥匙藏在什么地方。口渴了，喝水。他随时都温着一大锅开水。天气冷，可以烧一把豆秸火烤烤。甚至还可以掏出几个山药放在火里烤熟了吃。山药就在麻袋里放着，放在一个显眼的地方，敞着口。

　　他每天出去巡视几遍，看看那一堆焦炭。其余时间，多半是去捡粪。

不远的田地上矗立着一排一排土高炉，整整齐齐，四四方方。再过三五年，没有见过大炼钢铁的盛景的年轻人将会不知道这些黄土筑成的方形建筑物是干什么用的。也许会以为这是古代一场什么战争留下的遗物。——这地方是李克用的故乡，说不定有一个考古学家会考证出这跟沙陀国有关。当年，这个地方曾经是炉火通红，照亮了半个天，——吓得几十里之内的狼都把家搬进深山里去了。现在呢，这些土高炉已经无声无息。里面毫无例外，全都结了一层厚厚的焦子。焦子结实得很。刨不动，凿不开。除非用炸药才能把它炸碎。可是谁也没想起用炸药来炸它。因此，在这片本来是好地的田野上就一直保留着一群古迹。这些古迹有一个很大的优点，既避风，走进去外面又看不见，于是就变成过往行人的一个合乎理想的厕所。这个退休工人每天就到高炉里去捡粪，在那座焦炭山旁边堆成了另一座山。这座粪山高到一定程度，他就通知公社套车来把它拉走。

我和别人到他的小屋里去过几次，喝过水，烤过火，都没有见到他。人们告诉我，他只有三顿饭时在家。

冬天，我又和别人路过他的家，他在。那是前半晌，他已经在做饭了。我说："这么早就做饭？"别人说："他到冬天都是吃两顿。"他把小米饭焖上，说：

三顿饭一顿吃两碗；

两顿饭一顿吃三碗。

算来算去一边儿多，

就是少抓一遍儿锅。①

人们告诉过我，这人说话从来就是这样，张口就押韵。我活到这么大，还没有遇见过一个说话全部押韵的人。莫里哀喜剧里的汝尔丹说了四十年散文，此人说了六十年韵文！

他的韵押得还很精巧。不是一韵到底，是转韵的。而且很复杂。除了两个"碗"字互押，"多"与"锅"押；"一边儿""一遍儿"也是相押的。节奏也很灵活，不是像快板或是戏曲，倒像是口语化的新诗。他说话还有个特点，很形象。结构方法也和一般人不一样。

---

① 此地方言，把锅烧热了做饭，叫作"抓"。

这个人并不爱滑稽逗乐，平常连话也不多，就是说起话来就押韵，真怪！

## 四、乡下的阿基米德

> 阿基米德，古希腊学者。生于叙拉古。曾发现杠杆定律和阿基米德定律，确定许多物体的表面积和体积的计算方法，并设计了多种机械和建筑物。罗马进犯叙拉古时，他应用机械技术来帮助防御，城破时被害。
>
> ——《辞海》

此人可以说是其貌不扬。长脸，很长。鼻子下面的人中也特别的长。他有两个特点。一个是脾气好。多会儿也没见他和人红过脸嚷嚷过。不论是开会，是私底下，他总是慢条斯理地说话，脸上带着笑，眯缝着眼，有一点结巴，不厉害。他不是随风倒的人，凡事自有主见。但是表达的方式很含蓄，很简短。对某人的行为不以为然，只是说："看看！——这人！"对某种意见不同意，只是说："嗯！——说的！"因此得了个外号：老蔫。另一个特点是：内秀。

他是这个农业科学研究所的老工人了。主要工作是管理马铃薯试验田。但这只是相对固定。哪里需要人，他就被调去。大田、果园、菜园都干过。粉房的师傅请假回家探亲，他去漏几天粉。酒厂的师傅病了，他去烧两锅。过年杀猪，那是他的活。骒马得了小病，不用送兽医院，他会扎针。他是个好木匠，能开料，能算工。什么地方开农具革新展览会，所里总是派他去。回来后，不用图纸，两三天内，他就能照样鼓捣出几件。

他有一对好耳朵，一个好记性。不论什么乐器，凡是他见过的，他都能摆弄，甭管是横的，竖的，吹的，拉的，弹的。他不识谱，一般的曲子，他听两遍，就能背下来。所里有个李技师，业余爱拉小提琴。这玩意工人们没有见过，给它起了个名儿，叫"歪脖拉"。他很爱这洋乐器，常常到李技师屋里去看他拉，听他拉。有一次李技师被所长请去研究问题。回来时听见有人在他屋下拉他常拉的练习曲。心想：这是谁呀？推门一看，是他！李技师当时目瞪口呆了半天。

为了旱涝保收，所里决定冬天打井。没有人会。派他到公社打井队住了一个星期，回来，支起架子就开工了。两个冬天，打出了八口井。再打两口，就完成了计划。打井不能打打停停，因此得三班倒。为了提高效率，搞了竞赛，逐日公布各班进度。在手的这口井已经打穿了沙层，打到石层了，一两天就能出水了。井筒、油毡都已经准备好，净等着敲锣打鼓报喜了。打到石层，可就费劲了。一班出不了多少活。夜班的带班的是个干部。他搞了点物质刺激，说是拿下多少进度，他买五包牡丹烟请客。这一下，哥儿几个玩了命，而且违反了操作规程，该起锥时不起锥，该灌泥浆时不灌，一个劲地把井锥往下砸。——一下把个井锥夹住了，起不出来了。全班十二个棒小伙子鼓揪了多半夜，人人汗透了棉袄，这井锥像是生了根，动都不动！

天亮了，全所的干部、工人轮流来看过，出了很多主意，全都不解决问题，锥还是一动不动。大家都很丧气。得！费了半个月，四百四十个工，还扔了一个崭新的火箭锥，这口井报废了。

老蔫来看了看，围着井转了几圈，坐下来愣了半天神。后晌，他找了几个工人，扛来三十来根杉篙，一大捆粗铁丝。先在井架四角立了四根柱子，然后把杉篙横一根竖一根用铁丝绑紧，一头绑在锥杆上，一头坠了一块千数来斤重的大石头。都弄完了，天已经擦黑了。他拍拍手，对几个伙计说："走！吃饭！饿了！"工人们走，看看这个奇形怪状的杉木架子，都纳闷："这是闹啥咧？"我也来看了看，心里有点明白。凭我那点物理学常识，我知道这是一套相当复杂的杠杆。

天刚刚亮，一个工人起来解手，大声嚷嚷起来："嗨！起来啦！井锥起来啦！"

老蔫来看看，没有说什么话。还跟平常一样，扛着铁锨下地，脸上笑眯眯的。

按说，他够当一个劳模。几年来的评选会上，工人们都提了他。但是领导不同意。原因很简单：他不是党员。

# 五、俩老头

郭老头、耿老头，俩老头。这两个老头，从前面看，像五十岁；从后面看像三十岁，他们今年都已经做过七十整寿了。身体真好！郭老头能吃饭。斤半烙饼卷成一卷，攥在手里，蘸一点汁，几口就下去了。他这辈子没有牙疼过。耿老头能喝酒。他拿了茶碗上供销社去打酒，一手接酒，一手交钱。售货员找了钱给他，他亮着个空碗："酒呢？"售货员有点恍惚：记得是打给他了呀？——售货员低头数钱的功夫，二两酒已经进了他的肚了。俩老头非常"要好"，——这地方的方言，"要好"是爱干净爱整齐的意思。不论什么时候，上唇的胡子平斩乌黑，下巴的胡子刮得溜光。浑身的衣服，袖子是袖子，领子是领子，一个纽扣也不短。俩老头还都爱穿撒鞋，斜十字实纳帮，皮梁、薄底，是托人在北京步云斋买的。这种鞋过去是专门卖给抬轿的轿夫穿的，后来拉包月车的车夫也爱穿，抱脚，精神！俩老头焦不离孟，孟不离焦。年下办年货，一起去；四月十八奶奶庙庙会，一起去；开会，一起到场；送人情出份子，一起进门。生产队有事找他们，队长总是说："去！找找俩老头！""俩老头"不是"两个老头"的意思，是说他们特别亲密的关系。类似"哥俩""姐俩"。按说应该叫他们"老头俩"，不过没有这么说话的，所以人们只能叫他们"俩老头"。

两个老头现在都是生产队的技术顾问。郭老头精通瓜菜，也懂大田；耿老头精通大田，也懂瓜菜。

两个人的身世可不一样。

我第一次遇见郭老头是在一个卖老豆腐的小饭铺里。他坐在我对面，我对他看了又看，总觉得他脸上有点什么地方和别人不大一样。他看着我，知道我心里琢磨什么，搭了碴："耳朵"。可不是！他的耳朵没有耳轮。"你拿牙咬咬！"那可不行，哪能咬人的耳朵呢！

"那你用手撕撕！"我也没有撕，倒真用手指头捏了捏：他的耳朵是棒硬的！——"这是摔跤的褡裢磨出来的。"

他告诉我，他不是此地人，是北京人，——他说的是一口地道北京话。安定门外住家，就在桥根底下。种一片小菜园子，自种自卖。从小爱摔跤。那会儿摔跤，新手初下场子，对方上来就用褡裢蹭你的耳朵。那会儿的褡裢都是粗帆布纳的，两下，血就下来了。他的耳朵就这么磨出来了。

怎么会到这里来了呢？那年大旱，河净井干。种菜没水哪行呀？逃荒吧。逃到张家口，人地两生。怎么吃饭呢？就撂了地摔跤。不是表演，是陪人摔。那会儿有那么一帮阔公子，学了一招两式，喜欢下场显示。他陪着摔，摔完了人家给钱。这在阔公子们叫作"耗财买脸"。他说："不能摔着他，还不能让他摔着了。让他摔着了，倒了牌子；摔着他，那哪成呀！——这跤摔的！"混了两年，觉得陪着人家"耗财买脸"，太没意思了！遇到一个熟人，在这里落了户，他也就搬了过来。一晃，四十年了。

我有一天傍晚从城里回来，那天是八月中秋，远远听见大队的大谷仓里有个小姑娘唱《五哥放羊》。真是好嗓子，又甜，又脆，又亮。哪来这么个小姑娘呀？去看看！走进门，是耿老头！

耿老头唱过二人台。艺名骆驼旦。"骆驼"和"旦"怎么能连在一起呢？再说，他哪儿也不像骆驼呀？既不驼背，也不是庞然大物，——他是个瘦瘦小小的身材，本地人所谓"三料个子"，据说年轻的扮相俊着呢。也许他小名叫个骆驼。这一点我到现在还没弄清楚。他这个"旦"是半业余的。逢年过节，成个小班子，七八个人，赶集趁庙，火红几天。平常还是在家种地。

俩老头都是在江湖上闯过的人，可是他们在作物庄稼上，都是一把好手。

他们现在不常下地干活了，每天只是到处转转，看看，问问，说说。

俩老头转到一块瓜地。西瓜才蹿出苗来，长了几片蓝绿蓝绿的叶子，水灵灵的，好看得很。俩老头围着瓜地转了一圈，咬了一会儿耳朵，发了话："把这片瓜都刨了吧，种别的庄稼，种小叶芥菜吧，还能落点猪食。"——"咋啦？"——"你们把瓜籽安得太浅了，这一片瓜秧全都吊死了！"瓜籽安浅了，扎下根，够不着下面的底肥，长不大，这叫"吊死"。"看你俩说的！青苗绿叶的，就能吊死啦！你们的眼睛能看穿了沙层土板啦！真是神了！不信！"——"不信？不信，看吧！"过了两天，蓝绿蓝绿的瓜叶果然全都黄了，蔫了。刨开来看看，果然，吊死了！

也许因为俩老头闯过江湖，他们不怕官。

"大跃进"那年月，市里下来一个书记，到大队蹲点。在预报产量的会上，他要求一再加码。有人害怕，有人拍马，产量高得不像个话。耿老头说："这是种庄稼？是起哄哪？你们当官的，起了哄，一走！俺们秋后咋办呢？拿什么往上交，拿什么吃呀？"书记有点恼火，说："你这是秋后算账派。"郭老头说："秋后算账派有什么不好呀？就是要秋后算账嘛！秋后算账比春前瞎闹强！"胳膊拧不过大腿，产量还是按照书记要求的天文数字报上去了。措施呢？主要是密植。小麦试验田一亩下了二百斤麦种！高粱、玉米、谷子，一律缩小株行距，下种超过往年三倍。郭老头、耿老头坚决不同意，书记下不来台，又不能拍桌子，气得他说："啊呀！你就做一次社会主义的冒失鬼行不行？"

到了锄地时，俩老头拿着小锄，下地干起活来。他们把谷子地过密的小苗全给锄掉了。锄一棵，骂一句。队长知道了，赶紧来拦住："啊呀！你们这是干啥呢！这是反领导呀！"俩老头一起说："怕啥！他打不了我反革命！"

秋后，大田全部减产，有的地根本没有秀穗，只能割了喂老牛。只有俩老头锄过的地获得了大丰收。

在市里召开的丰产经验交流会上，俩老头当了代表，发了言，题目是：《要当老实庄稼人，不当社会主义的冒失鬼》。主持会议的就是来蹲过点的那位书记。书记致过开幕词，郭老头头一个发言，头一句话就是："×书记叫俺们做社会主义冒失鬼……"

俩老头后来一见这位书记，当面就叫他"社会主义的冒失鬼"。书记一点办法没有。看来他这顶"冒失鬼"的帽子得戴几年。

一九八〇年一月五日写成
五月廿九日修改

# 笔记小说两篇

## 瞎 鸟

经常到玉渊潭遛鸟——遛画眉的，有这几位：老秦、老葛。他们固定的地点在东堤根底下。堤下有几棵杨树，可以挂鸟。有几个树墩子，可以坐坐。一边是苗圃，空气好。一边是一片杂草，开着浅蓝色的、金黄色的野花。他们选中这地方，是因为可以在草丛里捉到喂鸟的活食——蛐蛐、油葫芦。老葛说："鸟到了我们手里，就算它有造化！"老葛来得早，走得也早，他还不到退休年龄，赶八点钟还得回去上班。老秦已经"退"了。可以晚一点走。他有个孙子，他来遛鸟，孙子说："爷爷，你去遛鸟，给我逮俩玩意儿。"老秦每天都要捉一两个挂大扁、唧嘹。实在没有，至少也得逮一个"老道"——一种黄蝴蝶。他把这些玩意儿放在一个旧窗纱做的小笼里。老秦、老葛都是只带一个画眉来。

堤面上的一位，每天蹬了自备的小三轮车来。他这三轮真是招眼：坐垫、靠背都是玫瑰红平绒的，车上的零件锃亮。他每天带四个鸟来，挂在柳树上。他自己就坐在车上架着二郎腿，抽烟，看报，看人——看穿了游泳衣的女学生。他的鸟叫得不怎么样，可是鸟笼真讲究，一色是紫漆的，洋金大抓钩。鸟食罐都是成堂的，绣墩式的、鱼缸式的、腰鼓式的；粉彩是粉彩，斗彩是斗彩，釉红彩是釉红彩，叭狗、金鱼、公鸡。

南岸是鸟友们会鸟的地方。湖边有几十棵大洋槐树，树下一片小空场，空场上石桌石凳。几十笼画眉挂在一起，叫成一片。鸟友们都认识，挂了鸟，就互相聊天。其中最活跃的有两位。一个叫小庞，其实也不小了，不过人长得少相。一个叫陈大吹，因为爱吹。小庞一逗他，他就打开了话匣子。陈大吹是个鸟油子。他养的鸟很多。每天用自行车载了八只来，轮流换。他不但对玉渊潭的画眉一只一只了如指掌，哪只有多少"口"，哪只的眉子齐不齐，体肥还是体瘦，头大还是头小，哪一只从谁手里买的，花了多少钱，一清二楚，就是别处有什么出了名的鸟，天坛城根的，月坛公园的，龙潭湖的，他也能说出子午卯酉。大家爱跟他近乎，还因为他每天带了装水的壶来。一个三磅热水瓶那样大的浅黄色的硬塑料瓶，有个很严实的盖子，盖子上有一个弯头的管子，攥着壶，手一仄歪，就能给水罐里加上水，极其方便。他提溜着这个壶，看谁笼里水罐里水浅了，就给加一点。他还有个脾气，爱和别人换鸟。养鸟的有这个规矩，你看上我的鸟，我看上你的了，咱俩就可以换。有的愿意贴一点钱，一张（拾元）、两张、三张。说好了，马上就掏。随即开笼换鸟。一言为定，永不反悔。

老王，七十多岁了，原来是勤行——厨子，他养了一只画眉。他不大懂鸟，不知怎么误打误撞的叫他买到了这只鸟。这只画眉，官称"鸟王"。不但口全——能叫"十三套"，而且非常响亮，一摘开笼罩，往树上一挂，一张嘴，叫起来没完。他每天先到东岸堤根下挂一挂，然后转到南岸。他把鸟往槐树杈上一挂，几十笼画眉渐渐都停下来了，就听它一个"人"一套一套地叫。真是"一鸟入林，众鸟压声"。老王是个穷养鸟的，他的这个鸟笼实在不怎么样，抓钩发黑，笼罩是一条旧裤子改的，蓝不蓝白不白，而且泡泡囊囊的，和笼子不合体。他后来又托陈大吹买了一只生鸟，和鸟王挂在一起，希望能把这只生鸟"压"①出来。

还有个每天来遛鸟的，叫"大裤裆"。他夏天总穿一条齐膝的大裤衩，裤裆特大。"大裤裆"独来独往，很少跟人过话。他骑车来，带四笼画眉。他爱让画眉洗澡，东堤根下有一条小沟，通向玉渊潭里湖，是为了苗圃浇水掘开的。水很浅，但很清。他把笼子放在沟底，画眉就抖开翅膀洗一阵。然后挂在杨树杈上过风；挨老王的鸟不远。他提出要用一只画眉和老王的生鸟换，老王随口说了句："换就换！""大裤裆"开了笼门就把两只鸟换了。

老王提了两只鸟笼遛了几天，他有点纳闷：怎么"大裤裆"的这只鸟一声也不叫唤呀？他提到南岸槐树林里让大家看看。会鸟的鸟友们围过来左端详右端详：唔？这是怎么回事？陈大吹过来看了一会儿，隔着笼子，用手在画眉面前挥了几下，画眉一点反应也没有。陈大吹说："你这鸟是个瞎子！"老王一跺脚："哎哟，我上了他的当了！"陈大吹问："你是

———————————

① 让生鸟向善叫的鸟学习鸣叫，叫"压"。

跟谁换的？"——"大裤裆！"——"你怎么跟他换了？"——"他说'咱俩换换'，我随便说了句：'换就换！'"鸟友们都很气愤。有人说："跟他换回来！"但是，没这个规矩。

"大裤裆"骑车过南岸，陈大吹截住了他："你可缺了大德了！你怎么拿一只瞎鸟跟老王换？人家一个孤老头子，养活两只鸟，不容易！你这不是坑人吗？"大裤裆振振有词："你管得着吗？——这只鸟在我手里的时候不瞎！"这是死无对证的事。你说它本来就瞎，你看见了吗？"大裤裆"登上车，疾驶而去。众鸟友议论一阵，也就散开了。

鸟友们还是每天会鸟，陈大吹还是神吹，老秦、老葛在草丛抓活食，堤面上蹬玫瑰红三轮车的主儿还是抽烟，看报，看穿了游泳衣的女学生。

老王每天提了一只鸟王、一只瞎鸟，沿湖堤遛一圈。

这以后，很少看见"大裤裆"到玉渊潭来了。

### 捡烂纸的老头

烤肉刘早就不卖烤肉了，不过虎坊桥一带的人都还叫它烤肉刘。这是一家平民化的回族人开的馆子，地方不小，东西实惠。卖大锅菜。炒辣豆腐。炒豆角、炒蒜苗、炒洋白菜，比较贵一点是黄焖羊肉，也就是块儿来钱一小碗。在后面做得了，用脸盆端出来，倒在几个深深的铁罐里，下面用微火煨着，倒总是温和的。有时也卖小勺炒菜：大葱炮羊肉，干炸丸子，它似蜜……主食有米饭、花卷、芝麻烧饼、罗丝转。卖面条，浇炸酱、浇卤。夏天卖麻酱面。卖馅儿饼。烙饼的炉紧挨着门脸儿。一进门就听到饼铛里的油吱吱喳喳地响，饼香扑鼻，很诱人。

烤肉刘的买卖不错，一到饭口，尤其是中午，人总是满的。附近有几个小工厂，厂里没有食堂，烤肉刘就是他们的食堂。工人们都正在壮年，能吃，馅饼至少得来五个（半斤），一瓶啤酒，二两白的。女工多半是拿一个饭盒来，买馅饼，或炒豆腐、花卷，带到车间里去吃。有一些退了休的职工，不爱吃家里的饭，爱上烤肉刘来吃"野食"，想吃什么要点什么。有一个文质彬彬的主儿，原来当会计，他每天都到烤肉刘来，他和家里人说定，每天两块钱的"挑费"，都扔在这儿。有一个煤站的副经理，现在也还参加劳动，手指甲缝都是黑的，他在烤肉刘吃了十来年了。他来了，没座位，服务员即刻从后面把他们自己坐的凳子提出一张来，把他安排在一个旮旯里。有炮肉，他总是来一盘炮肉，仨烧饼，二两酒。给他炮的这一盘肉，够别人的两盘。因为烤肉刘指着他保证用煤。这些，都是老主顾。还有一些流动客人，东北的，山西的，保定、石家庄的。大包小包，五颜六色。男人用手指甲剔牙，女人敞开怀喂奶。

有一个人是每天必到的，午晚两餐，都在这里。这条街上人都认识他，是个捡烂纸的。他穿得很破烂，总是一件油乎乎的烂棉袄，腰里系一根烂麻绳，没有衬衣，脸上说不清是什么颜色，好像是浅黄的。说不清有多大岁数，六十岁？七十岁？一嘴牙七长八短，残缺不全。你吃点软和的花卷，面条，不好么？不，他总是要三个烧饼，歪着脑袋努力地啃啮。烧饼吃完，站起身子，找一个别人用过的碗（他可不在乎这个），自言自语："跟他们寻一口面汤。"喝了面汤，"回见！"没人理他，因为不知道他是向谁说的。

一天，他和几个小伙子一桌。一个小伙子看了他一眼，跟同伴小声说了句什么，他多了心："你说谁哪？"小伙子没有理他。他放下烧饼，跳到店堂当间："出来！出来！"这是要打架。北京人过去打架，都到当街去打，不在店铺里打，免得损坏人家的东西搅了人家的买卖。"出来！出来！"是叫阵。没人劝。压根儿就没人注意他。打架？这么个糟老头子？这老头可真是糟，从里糟到外。这几个小伙子，随便哪一个，出去一拳准能把他揍趴下。小伙子们看看他，不理他。

这么个糟老头子想打架，是真的吗？他会打架吗？年轻的时候打过架吗？看样子，他没打过架，他哪是耍胳膊的人哪！他这是干什么？虚张声势？也说不上，无声势可言。没有人把他当一回事。

没人理他，他悻悻地回到座位上，把没吃完的烧饼很费劲地啃完了，情绪已经平复下来——本来也没有多大情绪。"跟他们寻口汤去。"喝了两口面汤，"回见！"

有几天没看见捡烂纸的老头了，听煤站的副经理说，他死了。死后，在他的破席子底下发现八千多块钱，一沓一沓，用麻筋捆得很整齐。

他攒下这些钱干什么？

# 卖蚯蚓的人

我每天到玉渊潭散步。

玉渊潭有很多钓鱼的人。他们坐在水边，瞅着水面上的漂子。难得看到有人钓到一条二三寸长的鲫瓜子。很多人一坐半天，一无所得。等人、钓鱼、坐牛车，这是世间"三大慢"。这些人真有耐性。各有一好。这也是一种生活。

在钓鱼的旺季，常常可以碰见一个卖蚯蚓的人。他慢慢地蹬着一辆二六的旧自行车，有时扶着车慢慢地走着。走一截，扬声吆唤：

"蚯蚓——蚯蚓来——"

"蚯蚓——蚯蚓来——"

有的钓鱼的就从水边走上堤岸，向他买。

"怎么卖？"

"一毛钱三十条。"

来买的掏出一毛钱，他就从一个原来是装油漆的小铁桶里，用手抓出三十来条，放在一小块旧报纸里，交过去。钓鱼人有时带点解嘲意味，说：

"一毛钱，玩一上午！"

有些钓鱼的人只买五分钱。

也有人要求再添几条。

"添几条就添几条，一个这东西！"

蚯蚓这东西，泥里咕叽，原也难一条一条地数得清，用北京话说，"大概其"，就得了。

这人长得很敦实，五短身材，腹背都很宽厚。这人看起来是不会头疼脑热、感冒伤风的，而且不会有什么病能轻易地把他一下子打倒。他穿的衣服都是宽宽大大的，旧的，褪了色，而且带着泥渍，但都还整齐，并不褴褛，而且单夹皮棉，按季换衣。——皮，是说他入冬以后的早晨有时穿一件出锋毛的山羊皮背心。按照老北京人的习惯，也可能是为了便于骑车，他总是用带子扎着裤腿。脸上说不清是什么颜色，只看到风、太阳和尘土。只有有时他剃了头，刮了脸，才看到本来的肤色。新剃的头皮是雪白的，下边是一张红脸。看起来就像是一件旧铜器在盐酸水里刷洗了一通，刚刚拿出来一样。

因为天天见，面熟了，我们碰到了总要点点头，招呼招呼，寒暄两句。

"吃啦？"

"您遛弯儿！"

有时他在钓鱼人多的岸上把车子停下来，我们就说会子话。他说他自己："我这人——爱聊。"

我问他一天能卖多少钱。

"一毛钱三十条，能卖多少！块数来钱，两块，闹好了有时能卖四块钱。"

"不少！"

"凑合吧。"

我问他这蚯蚓是哪里来的，"是挖的？"

旁边有一位钓鱼的行家说：

"是烹的。"

这个"烹"字我不知道该怎么写，只能记音。这位行家给我解释，是用蚯蚓的卵人工孵化的意思。

"蚯蚓还能'烹'？"

卖蚯蚓的人说：

"有'烹'的，我这不是，是挖的。'烹'的看得出来，身上有小毛，都是一般长。瞧我的：有长有短，有大有小，是挖的。"

我不知道蚯蚓还有这么大的学问。

"在哪儿挖的，就在这玉渊潭？"

"不！这儿没有。——不多。丰台。"

他还告诉我丰台附近的一个什么山，山根底下，那儿出蚯蚓，这座山名我没有记住。

"丰台？一趟不得三十里地？"

"我一早起蹬车去一趟，回来卖一上午。下午再去一趟。"

"那您一天得骑百十里地的车？"

"七十四了，不活动活动成吗！"

他都七十四了！真不像。不过他看起来像多少岁，我也说不上来。这人好像是没有岁数。

"您一直就是卖蚯蚓？"

"不是！我原来在建筑上，——当壮工。退休了。退休金四十几块，不够花的。"

我算了算，连退休金加卖蚯蚓的钱，有百十块钱，断定他一定爱喝两盅。我把手圈成一个酒杯形，问：

"喝两盅？"

"不喝。——烟酒不动！"

那他一个月的钱一个人花不完，大概还会贴补儿女一点。

"我原先也不是卖蚯蚓的。我是挖药材的。后来药材公司不收购，才改了干这个。"

他指给我看：

"这是益母草，这是车前草，这是红苋草，这是地黄，这是豨莶……这玉渊潭到处是钱！"

他说他能认识北京的七百多种药材。

"您怎么会认药材的？是家传？学的？"

"不是家传。有个街坊，他挖药材，我跟着他，用用心，就学会了。——这北京城，饿不死人，你只要肯动弹，肯学！你就拿晒槐米来说吧——"

"槐米？"我不知道槐米是什么，真是孤陋寡闻。

"就是没有开开的槐花骨朵，才米粒大。晒一季槐米能闹个百儿八十的。这东西外国要，不知道是干什么用，听说是酿酒。不过得会晒。晒好了，碧绿的！晒不好，只好倒进垃圾堆。——蚯蚓！——蚯蚓来！"

我在玉渊潭散步，经常遇见的还有两位，一位姓乌，一位姓莫。乌先生在大学当讲师，莫先生是一个研究所的助理研究员。我跟他们见面也点头寒暄。他们常常发一些很有学问的议论，很深奥，至少好像是很深奥，我听不大懂。他们都是好人，不是造反派，不打人，但是我觉得他们的议论有点不着边际。他们好像是为议论而议论，不是要解决什么问题，就像那些钓鱼的人，意不在鱼，而在钓。

乌先生听了我和卖蚯蚓人的闲谈，问我：

"你为什么对这样的人那样有兴趣？"

我有点奇怪了。

"为什么不能有兴趣？"

"从价值哲学的观点来看，这样的人属于低级价值。"

莫先生不同意乌先生的意见。

"不能这样说。他的存在就是他的价值。你不能否认他的存在。"

"他存在。但是充其量，他只是我们这个社会的填充物。"

"就算是填充物，填充物也是需要的。'填充'，就说明他的存在的意义。社会结构是很复杂的，你不能否认他也是社会结构的组成部分，哪怕是极不重要的一部分。就像自然界的需要维持生态平衡，我们这个社会也需要有生态平衡。从某种意义来说，这种人也是不可缺少的。"

"我们需要的是走在时代前面的人，呼啸着前进的，身上带电的人！而这样的人是历史的遗留物。这样的人生活在现在，和生活在汉代没有什么区别，——他长得就像一个汉俑。"

我不得不承认，他对这个卖蚯蚓人的形象描绘是很准确且生动的。

乌先生接着说：

"他就像一具石磨。从出土的明器看，汉代的石磨和现在的没有什么不同。现在已经是原子时代——"

莫先生抢过话来，说：

"原子时代也还容许有汉代的石磨，石磨可以磨豆浆，——你今天早上就喝了豆浆！"

他们争执不下，转过来问我对卖蚯蚓的人的"价值""存在"有什么看法。

我说：

"我只是想了解了解他。我对所有的人都有兴趣，包括站在时代的前列的人和这个汉俑一样的卖蚯蚓的人。这样的人在北京还不少。他们的成分大概可以说是城市贫民。糊火柴盒的、捡破烂的、捞鱼虫的、晒槐米的……我对他们都有兴趣，都想了解。我要了解他们吃什么和想什么。用你们的话说，是他们的物质生活和精神生活。吃什么，我知道一点。比如这个卖蚯蚓的老人，我知道他的胃口很好，吃什么都香。他一嘴牙只有一个活动的。他的牙很短、微黄，这种牙最结实，北方叫作'碎米牙'，他说：'牙好是口里的福。'我知道他今天早上吃了四个炸油饼。他中午和晚上大概常吃炸酱面，一顿能吃半斤，就着一把小水萝卜。他大概不爱吃鱼。至于他想些什么，我就不知道了，或者知道得很少。我是个写小说的人，对于人，我只能想了解、欣赏，并对他进行描绘，我不想对任何人作出论断。像我的一位老师一样，对于这个世界，我所倾心的是现象。我不善于作抽象的思维。我对人，更多地注意的是他的审美意义。你们可以称我是一个生活现象的美食家。这个卖蚯蚓的粗壮的老人，骑着车，吆喝着'蚯蚓——蚯蚓来！'不是一个丑的形象。——当然，我还觉得他是个善良的，有古风的自食其力的劳动者，他至少不是社会的蛀虫。"

　　这时忽然有一个也常在玉渊潭散步的学者模样的中

异秉

2
5
8

年人插了进来，他自我介绍：

"我是一个生物学家。——我听了你们的谈话。从生物学的角度，是不应鼓励挖蚯蚓的。蚯蚓对农业生产是有益的。"

我们全都傻了眼了。

一九八三年四月一日写成

# 狗八蛋

他的一个显著的特点是背头梳得倍儿光。长脸，高鼻梁，高脑门，一丝不乱的大背头。六十岁的人梳这样的背头的，很少见。

他在剧院练功厅大门看传达室。

原来是打小锣的。他没有坐过科，打小锣是在票房里学的。他本是一个银行的小职员，爱听戏，玩票。票友一般是唱，拉，也有打鼓的，像他这样专打小锣的，少。后来就干脆拜师搭班下海了。打了三十多年的小锣。后来，上了岁数，反应迟钝，"小锣水底鱼""小锣凤点头"，打得拖泥带水，不能再在台上做活了。人事处找他谈了话，让他来看传达室，他同意，说："行！

我不用再伺候孙子们了！"戏班里有个规矩：打小锣的要负责摆乐器，要把单皮鼓、大锣、小锣、铙钹堂鼓按规定位置摆好，并要把鼓师的椅垫盖在单皮鼓上，琴师的椅垫盖在堂鼓上。他觉得低人一等，凭什么这种事要打小锣的干？这是戏班的规矩，既然搭班下海了，就得依这个规矩。但是他摆乐器的时候心里总挺别扭。别扭了三十多年。离开舞台，也好，不用伺候孙子们了。工资照旧，钱不少拿。看传达室，轻省。

一天没有什么事。

喝茶，看报。

掸衣裳。他爱干净。屋里挂着一个布掸子，没事就摘下来，浑身上下，劈劈啪啪抽打一气。一天要抽两三回。

一天的大事是吃中午饭。他的中午饭吃得很有谱。传达室有一张炕桌，他到十二点，就搬到屋外树荫里，后面放一张小板凳，铺好一块雪白的桌布，打开一个大号铝饭盒。饭盒里装的是烤馒头片，或两个芝麻烧饼，煎带鱼或卤煮花干，咸鸭蛋。一定得有凉拌菜，拍黄瓜或拍小萝卜。他特爱吃拍小萝卜。什么作料也不放，他说放了作料就吃不出本味，吃不出清香。另外，他每天必要用一个小塑料袋带半袋白糖来："我每顿饭要吃二两白糖。"说时微晃着脑袋，好像这是什么高人一等，值得骄傲的事。

看传达室的职责是：一、有人来找人，到练功厅叫一叫；二、有电话找人，去喊一喊。他把两项职责都简化了，只有找院领导、导演、名演员的，他才慢条斯理地走到后面，嚷一嗓子："×××，有人找！"他对谁都是直呼其名，不带称谓。有找一般演员、乐队的，他坐着不动："自己找去！"电话，照例不传。电话铃响了，他拿起听筒："喂！"——"劳您驾，叫一叫×××。"他照例说："不在。"随即把电话挂了。有一天有人打电话来，他拿起听筒："喂！"——"劳驾叫一叫×××。"——"不在。"——"他在，在，在。他刚跟我打的电话，叫我五分钟以后给他打电话。他就在西练功厅，劳驾，叫叫他。劳驾劳驾！"——"不信，你来看看！"

他接这个电话时有一个武戏演员杨铁麐在旁边，气得他恨不能给他一个嘴巴。

杨铁麐觉得他比王八蛋还要可恨，给他起了个外号：狗八蛋。

一九九三年八月二十四日